Mi Familia es la Mejor

Movimientos y Resoluciones Sistémicas

Mi Familia es la Mejor

Movimientos y Resoluciones Sistémicas

Carmen I. Zabala G. de Torres, Dra.

Revisado por:

Dra. Sheila Ortega
Experta en Educación y Ciencias Sociales
Profesora de la Universidad del Zulia, LUZ

Copyright © 2023

ISBN: 9798388509123

Todos los derechos reservados

Advertencia

Este es un enfoque de la interrelación familiar que permite solucionar situaciones de la vida personal, por lo tanto, es responsabilidad del lector el uso que le pueda dar al contenido de esta obra.

Dedicatoria

A mi familia

Los que tuvieron antes, los que están y los que vienen, dejo mi legado impregnadas en estas páginas para la humanidad.

A mis Padres Ramona y Melecio y hermanos

Símbolos de unidad y valores que extiendo con orgullo Zabalero en todas las áreas de mi existencia.

A mi esposo Virgilio

Fiel compañero en mi trayectoria de vida

A mis hijos, María José, Jorge Luis, Jorge Leonardo y Rosmina, mi hija de crianza

Por un antes y un después, en el transitar de los caminos sistémicos donde encontré: el Amor, la salud, la paz y la sanación.

A mis nietas

Valeria Sofia, Amanda Virginia y Mía Isabel

Fuentes de Amor e inspiración de la vida que continua

Agradecimiento

A mis Maestros de Maestros de los métodos terapéuticos: Un Curso de Milagros (UCM), Psicoterapia de Apoyo, Constelaciones Familiares, Psiconeuroinmunología e Hipnosis, por el camino recorrido al encuentro de la paz interior y la sanación.

A Berth Hellinger, por su aporte desde Hellinger Sciencia® en los temas sistémicos desarrollados en esta obra.

A la ilustre Universidad del Zulia, sus Cátedras Libres, al programa de radio Bienestar y Salud Mental, transmitido por LUZ Radio 102.9 Fm, a la Fundación para la Salud Mental JORLEO y sus coordinaciones, la cual se fundó en honor a mi hijo Jorge Leonardo, por permitir desde el orden y el respeto, los movimientos sistémicos puestos de manifiesto en cada actividad realizada; a la Escuela de Educación Continua Internacional Sistémica ECIS, fundada con mi hermana del alma, compañera de camino y mi otra yo en el Camino Sistémico. **A** todos los que hicieron posible que este sueño hoy sea una realidad.

Carmen I. Zabala G. de Torres

Sobre este Libro

Que piensas cuando decimos que Mi Familia es la Mejor. Te animas a repetirlo MI FAMILIA ES LA MEJOR. ¿Cómo se siente? ¡¡¡¡¡Verdad que nuestra familia es la mejor!!!!!! ¡¡¡¡Pase lo que pase, siempre es la mejor!!!! Por Mi familia: lucho, trabajo, me muevo, estudio, triunfo, me esfuerzo, persevero y más. Tomo lo bueno y lo no tan bueno.

Todo es Sistémico, pertenecemos a una familia, venimos de un Padre y una Madre, de allí la fuente de la vida, honrar a los padres nos da la posibilidad del éxito y la prosperidad y hacer lo propio con el legado recibido con nuestros hijos. Somos leales a los principios y funcionamiento de nuestra familia, la hayamos conocido o no, legado que se trasmite de generación en generación.

Este texto te dará la posibilidad de afianzar el amor por la familia, además de sanar emociones atrapadas que impiden o limitan cualquier área de la vida y que con el método de las constelaciones familiares creado por Berth Hellinger, se puede ver el movimiento y la resolución sistémica, que se necesita sobre algún tema en específico de acuerdo al interés personal.

Estos temas van desde la relación con los padres, hermanos, abuelos pareja, amor, información transgeneracional, hasta los temas que quitan la paz y que no se determina cual es la causa como: deudas, excluidos, destino, salud y enfermedad amor entre iguales, herencias, adicciones psicosis, esquizofrenia y otros al hacerlos consciente se puede avanzar, hacia adelante tomando la vida en plenitud, amando a la familia y ocupando el lugar que corresponde, devolviendo a su lugar de origen con amor y respeto aquello que se lleva y no deja avanzar.

Actuamos creyendo que tenemos una personalidad autónoma, cada uno de nosotros estamos unidos a nuestra familia a través de lazos entrelazados en las generaciones, por lo general, de forma inconsciente y mucho más presente de lo que creemos.

Prefacio

El libro "Mi familia es la Mejor" Movimientos y Resoluciones Sistémicas fue escrito por la Doctora en Ciencias Humanas, Carmen Inés Zabala Gauna de Torres, quien en lo personal como mujer, hija, hermana, tía, esposa, madre y abuela ha mostrado en su actuar una generación de sanación sistémica.

Igualmente, como profesional: docente, investigadora, pedagoga sistémica, consteladora familiar y terapeuta ha mostrado motivación en su hacer practicando la filosofía de vida descubierta por Bert Helliger como son las Constelaciones Familiares, las cuales se fundamentan en los Órdenes del Amor (todos pertenecen, jerarquía y equilibrio en el tomar y dar). A demás del agradecimiento a sus Maestros de los métodos terapéuticos: Un Curso de Milagros (UCM), Psicoterapia de Apoyo, Psiconeuroinmunología e Hipnosis, en la búsqueda y encuentro de la paz interior y la sanación.

La muestra es la sistematización de esta obra, la cual tiene el propósito de definir, caracterizar y demostrar que todo lo que sucede es sistémico, que principalmente se pertenece a una familia, que se viene de un Padre y una Madre y que de allí se origina la fuente de la vida, honrar a los padres da la posibilidad del éxito y la prosperidad y hacer lo propio y necesario con el legado recibido para transmitir a los hijos.

La obra está estructurada en tres capítulos: el Capítulo 1, llamado Familia y Relaciones, el Capítulo 2, denominado como Visión Sistémica, y el Capítulo 3 con el nombre de Temas de Familia que interfieren la Paz. Todos los tres capítulos con temas y subtemas sustentados en la teoría de Bert Hellinger y sus seguidores, situaciones comunes que se viven en familia que, al leerlos, asentirlos como temas de vida familiar, mirarlos desde el amor con respeto y sin juicio se podrá tomar consciencia de los movimientos y resoluciones sistémicas que se necesitan en cada caso de la familia del lector. Entonces se podrá decir "Mi Familia es la Mejor".

Dra. Nelia J. González G. de Pirela
Profesora, Investigadora Universitaria,
Consteladora Familiar y Pedagoga Sistémica
Venezuela-Ecuad

Prólogo

Ésta primera edición de la obra *Mi Familia es la Mejor: Movimientos y resoluciones sistémicas* plasma de manera artística, el conocimiento académico adquirido y aplicado con soluciones concretas por la Doctora en Ciencias Humanas Carmen Inés Zabala Gauna de Torres, durante el largo recorrido que ha tenido en su formación y aplicación del método fenomenológico, constelaciones familiares creado por Berth Hellinger, una figura clave del mundo psicoterapéutico actual y fundamentado en los pilares de Hellinger sciencia®: respeto, estima y asentimiento. Un trabajo sistémico consolidado en 100 libros.

Con el transcurrir de los años, la Dra. Zabala fue sistematizando sus experiencias en constelaciones familiares, en primera instancia en su núcleo familiar a partir de sus propios hijos, luego en su labor docente en la Universidad del Zulia (LUZ) y finalizada en su aporte comunitario a través de la Fundación para la Salud Mental "Jorge Leonardo Torres Zabala" (FundaJorleo) que heroicamente preside.

Al estar coordinando desde el año 2018, la Cátedra Libre "Constelaciones Sistémicas", adscrita al Vicerrectorado Académico de LUZ, le permitió consolidar todos esos saberes en cuatro programas académicos al servicio de la humanidad:

a) Constelaciones familiares, basado en el método constelaciones familiares propuesto por Berth Hellinger y con la finalidad de formar costeladores familiares con una visión holística.

b) Pedagogía sistémica para formar profesionales docentes que faciliten el proceso de enseñanza aprendizaje y el rol de cada miembro del quehacer educativo.

c) Dinámica organizacional para formar emprendedores desde una visión sistémica comprometidos con el desarrollo de competencias personal y profesional al servicio de la organización.

d) Psicoterapia de apoyo para formar un Psicoterapeuta de apoyo que responda a la petición de ayuda del Ser humano de hoy, desde el Amor que habita en el alma.

Con esos programas logró aportar tanto a una parte de la comunidad universitaria como de la sociedad misma de la región zuliana y venezolana lo referente a detectar dónde están los desórdenes y las transgresiones del sistema familiar. Con ello, brindar soluciones que ordenan ese sistema familiar u organizacional, al reencontrarse con los órdenes del amor que han sido excluidos consciente o inconscientemente.

Luego de estructurado el método constelaciones familiares al mundo académico y aplicado al servicio social, pasó a una faceta vital en toda comunicación humana, la difusión del conocimiento sistémico en el año 2021 a través del programa de radio Bienestar y Salud Mental "En JORLEO encontraras", transmitido todos los miércoles en la emisora radial LUZ Radio 102.9 Fm "la Voz de LUZ" y en sus diferentes medios digitales.

En cada programa se fue transmitiendo estratégicamente a los radioescuchas, los beneficios que engloba este método. Esa productividad valiosa registrada meticulosamente, permitió la sistematización de ese cúmulo de conocimientos y transformado en esta obra, *Mi Familia es la*

Mejor: movimientos y resoluciones sistémicas que llena de orgullo y júbilo poderla exponer.

La Dra. Zabala es una digna representante del mundo universitario, quién con brillantes ideas logró darle una categoría académica a un conocimiento innovador para la solución de circunstancias personales, familiares y organizacionales y al mismo tiempo, logró con un lenguaje sencillo, llegar a cualquier ciudadano ávido de encontrar soluciones concretas y entendibles en un lenguaje sencillo lleno de redacción artística.

Tres misiones importantes se trazan en esta obra: poder comprender las relaciones familiares, luego poderlas interrelacionar desde una visión sistémica y, desde esta óptica, poder identificar lo que del sistema familiar "imaginariamente" perturba nuestra paz interior. Una paz única que encontramos cuando sentimos que nuestra familia es lo mejor.

Dra. Sheila B. Ortega M.
Coordinadora General de las Cátedras Libres
Universidad del Zulia, Maracaibo-Venezuela

Índice

	Pág.
Anteportada...	I
Portada..	Iii
Créditos...	Iv
Dedicatoria..	V
Agradecimiento...	Vi
Presentación..	Vii
Prefacio	Ix
Prólogo..	Xi
Índice General..	Xv
Capítulo 1. Familia y Relaciones...............	1
1.1. La Esencia de Ser Mujer......................	2
1.2. Mi familia es la mejor.........................	5
1.3. Triada Mamá, Papá y Yo.....................	8
1.4. Éxito y prosperidad............................	12
1.5. Relación entre hermanos.....................	15
1.6. Honrando a los abuelos......................	18
1.7. Relación de pareja..............................	21
1.8. El Amor..	25
1.9. La Vida..	28
1.10. El niño interior................................	30
1.11 Distintivo personal............................	33
1.12. Los amigos......................................	36
Capítulo 2. Visión Sistémica........................	39
2.1. Ser humano visión sistémica................	40
2.2. Constelaciones familiares....................	41
2.3. Conciencia buena, mala y superior.........	44
2.4. El arte de ayudar................................	47
2.5. Campos morfogenéticos......................	50
2.6. La Epigenética...................................	52

2.7. Información transgeneracional............ 55
2.8. Inteligencia transgeneracional............. 58
Capítulo 3. Temas de Familia que interfieren la Paz............ 63
3.1. La migración......... 64
3.2. El perdón......... 67
3.3. Las deudas......... 70
3.4. Los excluidos......... 73
3.5. El destino......... 76
3.6. Salud y enfermedad......... 78
3.7. Las herencias......... 82
3.8. Los duelos......... 85
3.9. Los grandes secretos......... 89
3.10. Psicosis y esquizofrenia......... 92
3.11. Las adicciones......... 96
3.12. Amor entre iguales......... 98
3.13. Lealtad Vs. Traición......... 101
3.14. La adopción......... 104
Bibliografía......... 108

Capítulo 1

Familia y Relaciones

1.1. La Esencia de Ser Mujer

La esencia de ser mujer es atender a las leyes universales de la vida, de donde viene y a donde sigue. Como mujer poseemos nuestro distintivo que nos identifica en lo personal, familiar, social, profesional y laboral que marca mi personalidad y me hace un Ser única e irrepetible en este mundo y trasciende a las generaciones venideras que siguen las huellas del camino recorrido.

En primer lugar, hoy honro a la mujer que me dio la vida a Ramona Teotiste Gauna de Zavala y a todas las que la antecedieron e hicieron posible que ella viniera a este mundo y me concibiera desde el amor con mi padre a Mi.

Querida Mamá

De ti tomo la esencia de ser Mujer. Gracias por ese amor tan bello junto a mi papá, que dio sus frutos, "Yo soy la mejor prueba. Gracias a que decidiste tenerme, venciste los temores en el momento de parir. Gracias por recibirme con lágrimas, alegría y felicidad. Gracias porque me dieron un nombre y un apellido Carmen Inés Zabala Gauna, me criaron y me educaron, Gracias porque hicieron lo propio con todos mis hermanos. Los amo exactamente como fueron con sus aciertos y sus desaciertos. Así fueron los mejores padres para Mí.

Querida mamá, mujer virtuosa en todos los sentidos, abro mi corazón y mi Amor para Ti. Te libero de todas mis expectativas, si en algún momento pretendí exigir, aquello que yo quería y que va más allá de lo que me podías dar, así te amo tal como eres.

Mujeres de mi Historia

Para todas las mujeres de mi historia. La vida viene de atrás para delante, honro a las que me antecedieron. La familia funciona como un campo de memoria. De un modo instintivo, repetimos lo anterior, estamos impulsados por los sucesos del pasado, que incluyen nuestras creencias y lealtades hacia nuestros antepasados. Gracias a eso es que, podemos avanzar hacia adelante.

¿Qué hacer? Tener humildad, pedir la bendición a toda mi generación ancestral, porque de ellas, aunque no las hayamos conocido habitan en mis genes y despierta los dones que todas las mujeres de mi historia han cultivado en mi vida.

Gracias por todos los programas, conflictos e historias que heredo de ustedes y hasta ahora, me sirvieron para construir mi propia historia. Me libero como un acto de amor, ya que, al liberar los programas, me libero y a mis descendientes. Gracias a todos.

Oración

> *Señor tú me hiciste mujer, hija, esposa, madre, abuela, amiga y compañera, desde donde brota el amor sin medida. Sana mis más profundas heridas, borra aquellas cicatrices que aun con el paso del tiempo no han podido desaparecer y empañan con tristeza y lágrimas el brillo de mis ojos, cúbreme con tu manto y hazme sentir que no estoy sola en ninguna circunstancia, que son más los motivos para continuar con vida con sus altos y con sus bajos. Que pueda hacer silencio en el más profundo de mí ser, en la quietud para ser reposo y alegría, paz, fortaleza, consuelo y ternura de quienes comparten conmigo, que me fije más en las cualidades que perduran y no en la belleza pasajera. Amen*

1.2. Mi Familia es la Mejor

La familia es un sistema abierto que tiene unas leyes de funcionamiento, que afectan a todos sus miembros de forma consciente e inconsciente, que se trasmite de generación en generación. Somos menos libres de lo que creemos, aunque tenemos la posibilidad de conquistar el mundo, si honramos nuestra historia, tal y como fue, sin juicio, sin memoria y sin amor artificial, dando un lugar en el corazón y asistiendo las cosas tal como son.

La vida viene de atrás para delante, debemos honrar a los que nos antecedieron, honrar a nuestros padres quienes nos dieron la vida nos da la posibilidad del éxito y la prosperidad y hacer lo propio con nuestros hijos y el legado recibido de ellos. Según Berh Hellinger todo se enmarca en los órdenes del Amor:

El Derecho a Pertenecer

La familia tiene una memoria y todos sus miembros (ya sea por vínculo consanguíneo o por haber tenido una influencia fuerte), lo cual incide en su desarrollo. Este principio nos habla de la necesidad de reconocer y respetar, todo lo que fue, es y será. La pertenencia en la familia nunca se pierde, estemos o no en este plano físico.

Jerarquía Prioridad Anterior

Cada miembro en el transcurso de su vida, tiene las mismas posibilidades de desarrollarse. La familiar debe tratarse tomando en cuenta quienes son los anteriores y quienes son los posteriores, cual es la función de cada uno y el tipo de relación entre sus miembros.

El Equilibrio entre el Dar y el Tomar

Cuando un miembro da demasiado o al contrario cuando alguien toma algo que no le corresponde; esto genera un desequilibrio que puede tener consecuencias en toda la red familiar. La relación entre padres e hijos es una excepción, porque los hijos no podrán devolver a sus padres el regalo de la vida, lo único que pueden hacer es tomar su vida y hacer algo bueno con ella.

Todos sabemos que no hay familia perfecta, se nace con una, partiendo de ahí, lo primero que se debe hacer una vez que sea uno consciente es agradecer por tener una familia única.

Razones por la que Decimos que Mi Familia es la Mejor

Existen múltiples razones, por lo que decimos que mi Familia es la Mejor. Sin importa lo que suceda en la vida o las dificultades que atravesemos, es imprescindible que nunca perdamos la conexión con las personas que más amamos. La familia es el regalo que se nos da al nacer y entre las razones, por las cuales decimos que la familia mejor familia es la mía están:

- La familia es la fuente principal que ha contribuido a que sea la persona que hoy eres, todos los logros, talentos y cualidades se deben en gran medida a que tenemos la influencia del sistema familiar de manera transgeneracional.

- La familia atesora momentos felices con nuestros padres, madres, hijos, hijas, nietos, hermanos, hermanas, tías, tíos o primos, son momentos que siempre se aprecian, se guardan en el corazón y nos da la sensación de plenitud al estar en familia, es incomparable.

- La familia actúa desde el Amor incondicional a ciegas, que nos conducen por un camino bueno o no tan bueno, porque somos leales a sus principios y funcionamiento.

La familia pase lo que pase, siempre va a estar de tu lado. No importa lo que estemos pasando, tendremos al menos un miembro de la familia que esté dispuesto a quedarse a nuestro lado, a pesar de todo. Por estas y muchas razones más, la mejor familia es la mía.

1.3 Triada Papá, Mamá y Yo

Todos nosotros somos resultado de esa unidad llamada PADRES que forman papá y mamá, somos el 50% de cada uno. De ahí la importancia de que tomarlos y honrarlos a ambos sea vital, para gozar de una vida fluida y saludable.

Los padres siempre acompañan a los hijos, sin importar si están presentes o ausentes". Ellos siempre están en los corazones de los hijos.

En este sentido, analizar las relaciones con mamá y papá, así como trabajar para mejorarlas o fortalecerlas, traerá éxito y prosperidad. Para Hellinger, la realización como profesional y la obtención de riquezas materiales, no se alcanza o propicia desde lo externo, sino desde lo interno de cada ser. Cuando tomamos a nuestra madre como la fuente de nuestra vida, con todo lo que nos llega a través de ella, tomamos nuestra propia existencia y la vida en su totalidad.

La madre nos conecta a la vida, nos nutre y nos dota de cuidados y afectos. En la medida en la que yo soy capaz de abrazar, aceptar y honrar a mi madre, lo haré con el éxito y la felicidad. Por su parte, Papá es la fuerza y la disciplina una buena relación con el padre da la fuerza y la energía que se necesitan para tener éxito profesional y laboral.

Lo que cuenta es que reconozcas con amor aquello que de tu padre tienes. Así siempre puedes mantenerte en el amor y dedicarte a tu vida y a tu vocación especial. En este sentido, tener buenas relaciones con papá y mamá, trabajar para mejorarlas o fortalecerlas, traerá éxito y prosperidad.

Cuando no hay una buena relación con los padres por circunstancias adversas de la vida

Cuando no hay una buena relación con los padres por circunstancias adversas como abandono, rechazo, entre otras razones. Por lo general, los hijos no quiere saber nada de sus padres; esto es algo difícil de digerir en la mente de un niño, aunque desde la mirada del adulto es algo de lo que se puede asentir y renunciar de corazón.

Muchos de los problemas que vives como mala relación de pareja, mala relación con tus hijos, fracasos en el trabajo y hasta problemas económicos, tienen que ver con no haber tomado a tus padres.

Tomar a los padres es aceptar a papá y a mamá tal y como son, sin condiciones.

Los padres dan la vida y los hijos la reciben tal como viene dada, sin intención de cambiar lo que es otorgado. Al darnos la vida, los padres dan todo lo que ellos mismos son y no pueden quitar o añadir algo.

Cuando el hijo siente que los padres no le dan lo suficiente

Si sientes que los padres no dan suficiente o lo han hecho de forma incorrecta; en estos casos, el hijo sustituye el tomar por exigir y el respeto por el reproche. Esta conducta provoca que los hijos queden atados a los padres en un reclamo o crítica infantil y estancados en su vida. No pueden hacer su propia vida porque su mirada la tiene puesta en lo que no hicieron los padres o en lo que les faltó por hacer, en lugar de ver hacia su propia vida.

Mientras más rechaces a tus padres, más te vas a parecer a ellos, sobre todo lo que más te molesta

Con la mirada sistémica soy capaz de mirar la situación como adulto. Respetando lo que ha sucedido con nuestros padres, donde en lugar de procurar e idealizar repuestas. Simplemente tomo todo tal y como es Honrando la vida que me fue dada.

Frases Sanadoras:

"Mi mamá y mi papá se amaron y yo soy la mejor prueba"

"Los hijos son más pequeños que los padres y solo son hijos. La madre da la vida"

"Mamá, Papá dame tu bendición si lo puedo hacer diferente"

1.4. Éxito y prosperidad

El éxito y la prosperidad según Hellinger se construye en la familia, desde la reciprocidad padre - madre. El éxito en término general, guarda una vinculación directa con la relación que se tiene con la madre, es la madre quien da la vida, durante los nueve meses es de nuestra gestación conocimos la abundancia que proporcionó Mamá, por tanto, al tomar conscientemente a nuestra madre, reanudamos el fluir de la abundancia en nuestra vida.

Como se trata a la Madre, se trata la vida, si la persona tiene una buena relación con su madre, tiene éxito en todo lo que emprenda. Por su parte, Papá es la estabilidad, la fuerza, la energía y la disciplina para seguir expandiendo el éxito en la labor profesional y la abundancia con el dinero.

Para que la prosperidad y el dinero trabaje, rinda y se multiplique, hay que darlo, de lo contrario se estancará la profesión y, en consecuencia, el éxito. Es a través de éste cuando puede honrar a los padres, proporcionándoles satisfacción, bienes y atenciones. El dinero como símbolo de vida, necesita ser aceptado tal como es, reconocido, querido y respetado.

El orden de la abundancia dice "tomar", tomar todo como es, tomar a todas las personas como son, formar parte del movimiento de la compensación de la vida, equilibrando el dar y tomar.

¿Órdenes de la abundancia?

Los órdenes de la abundancia vienen dados por:

- Ocupar nuestro lugar ante nuestros padres, hermanos y ancestros, ellos siempre serán los grandes y nosotros los pequeños.

- Agradecer todo lo recibido, lo bueno y lo no tan bueno. Sólo un corazón agradecido está en sintonía con el éxito y la prosperidad.

- Respetar nuestro lugar de llegada, tanto en la familia como en una organización, quien llego primero hizo espacio para nosotros por lo tanto siempre serán los primeros.

- Colocar el dinero al servicio de la vida, hace que el dinero rinda, se multiplique y muchas personas se beneficien.

Además de los órdenes de la abundancia mencionados, ¿qué otros factores determinan el éxito y la prosperidad?

Existen otros factores que se deben tener en cuenta para el éxito y la prosperidad como son:

- Definir claros los objetivos que se quiere lograr
- Tener Conocimiento profesional de lo que se ofrece
- Usar una metodología adecuada
- Planificar correctamente
- Tener Compromiso y actitud positiva
- Estar Dispuesto aprender y mejorar día a día
- Ser perseverantes
- Proyectar resultados a mediano y largo plazo

La Madre es garantía de éxito y prosperidad. El Padre es la estabilidad, la fuerza, la energía y la disciplina para seguir expandiendo el éxito y la abundancia. Ambos nos garantizan la plenitud de la vida.

1.5. Relación entre Hermanos

El primer orden del amor es entre padres e hijos, los padres dan y los hijos toman. Los padres dan lo que ellos mismos han recibido de sus padres, más lo que toma de su pareja, los hijos darán a sus propios hijos lo que han recibido de sus padres.

Este orden, es válido para el dar y el tomar entre los hermanos. Por lo tanto, el primer hijo transforma a sus padres en padres abriendo camino para los hermanos(as) siguientes, el segundo toma del mayor y da a los que le siguen y el más joven toma de los mayores. El hijo primero da más y el hijo menor toma más, por lo que cuida a menudo de los padres en su vejez.

El amor de hermanos(as) es uno de los amores más profundo que sentimos a lo largo de nuestra vida, marca el inicio de nuestras relaciones con nuestros iguales. El aprender a limar las asperezas que surgen de esta relación ayuda a que más adelante se puedan establecer relaciones con otras personas mucho más saludables y armónicas.

Orden entre los hermanos

Uno de los órdenes del Amor que señala Hellinger es la Jerarquía. La vida está organizada a partir de ella, se rige por el respeto del tiempo y el espacio, quien llegó primero tiene preferencia sobre el que llegó después, y cada uno tiene su respectivo lugar irremplazable por ser el que le corresponde.

Nos guste o no, el lugar que ocupamos en el sistema familiar (ya seamos el hermano(a) mayor o el menor) respetar el orden entre hermanos es vital para que en la vida fluya sus bondades, el amor adecuadamente; al alterar este orden comienzan los conflictos, las dificultades, que harán inaccesibles las bondades de la vida aun cuando sea inconscientemente.

La unión entre los hermanos es tan fuerte que el destino de uno de ellos es seguido por los demás con profundo amor y lealtad.

Importancia de establecer el orden en la relación entre hermanos

Establecer el orden en la relación entre hermanos ayuda a saber que, cada uno tiene un lugar, que debe ser honrado por los otros hermanos y por los padres, a partir de allí:

- Establezco la primera relación de igual a igual
- Aprendo a compartir
- Hacemos alianzas
- Enseñan que no somos el centro del universo
- Juntos vivimos momentos inolvidables
- Descubro la rivalidad fraterna
- Desarrollo el amor por mis iguales.

Tip´s para mejorar la relación con mis hermanos

- Tener la convicción de la relación con mis hermanos la mejoro
- Ocupando cada quien el lugar que le corresponde
- Mostrando afecto y solidaridad
- Aceptando el trato de nuestros padres hacia ellos

- Expresando las diferencias sin agresiones
- Respetando su forma de ser sin intentar modificarla
- Compartiendo como cómplices y amigos
- Sanando la rivalidad fraterna
- Soltando el deseo de asumir el rol de padre
- Amándolos tal como son

1.6. Honrando a los Abuelos

Todos tiene una historia y la historia proviene del pasado, entonces vemos las historias de nuestros abuelos y como esas vidas repercuten en nuestro presente, los abuelos son un pilar fundamental en el sistema familiar, siempre dispuesto para los nietos de ellos recibimos lo bueno y lo no tan bueno lo hayamos conocido o no, hay quienes lo han tenido en la crianza con amor, estabilidad emocional sabiduría y experiencia, esto es una gran ganancia para el camino de la vida.

Existen varios tipos de relaciones con los abuelos, unos presentes que forman parte activa del seno familiar, ante la necesidad de cuidar a los nietos por razones diversas, otros abuelos que visitamos o nos visitan de vez en cuando, son independientes y emplean el tiempo libre en sus actividades, aunque siempre tenemos su amor incondicional.

Sin embargo, en otras familias la presencia de los abuelos provoca diversos problemas: a los abuelos no le gusta la forma joven de criar a sus nietos y a los padres no les gusta la intromisión de los abuelos. En cualquiera de las dos situaciones, siempre existirá un acompañamiento de los abuelos en el desarrollo y crecimiento de sus hijos, es importante reconocerle y agradecerle su labor sin llegar al punto de abusar, ya que, debemos marcar un equilibrio, ellos ya nos criaron y ahora nos corresponde como padres llevar a cabo las tareas.

Los abuelos merecen disfrutar su tiempo libre ocupándose únicamente por su salud y sus actividades. Reconozcámoslo como seres de amor por su inigualable labor y agradezcamos su gran dedicación, nuestro mundo no sería igual sin ellos. Los amamos abuelos.

Cuando los abuelos no se tratan con orden y equilibrio

Cuando los abuelos no se tratan con orden y equilibrio se crea un desorden en la relación entre abuelos y nietos, esto sucede por diversas razones entre las que podemos mencionar: a) asumir el rol de los padres por parte de los abuelos no da espacio para que los nietos crezcan, b) crear confusión por hablar de los abuelos delante de los nietos, c) por existir un desequilibrio en la relación papá, mamá e hijos se desbalancea la relación y ambos se sientes hijos de los abuelos, el niño o la niña sienten la ausencia de uno de los padres.

Soluciones para relaciones conflictivas con los abuelos

Cada caso tiene sus propias particularidades y no existen soluciones mágicas, en todo caso, para la resolución sistémica se requiere una constelación familiar que devele la imagen de lo que puede estar interfiriendo en la relación; sin embargo, puedo sugerir algunas expresiones que más que decirlas es interiorizar su mensaje en el corazón: los padres ocupen su papel de padres y que pidan permiso a sus padres para vivir y crecer su propia vida.

Querido abuelo honro desde lo más profundo de mi corazón tu destino y te agradezco haberme permitido ser parte de tu historia y por favor ve con buenos ojos si soy diferente a ti, abuela respeto la forma como ves la vida, así como eres la mejor para mí, tomo con amor todo lo que hiciste posible para mí. Por favor, bendice cuando amo mi vida tal cual es.

Agradecer a los padres por la vida, ya ustedes vivieron bastante, ahora me toca a mí hacer algo bueno con mi propia vida, hare algo bueno con lo que me han dado. Cuando eres feliz estas honrando a tus padres, abuelos y a todos tus ancestros y dejando un legado de felicidad para los que vienen después

1.7. Relación de Pareja

En el encuentro mágico en la pareja tenemos dos escenarios el amor a primera vista en atracción mutua entre dos personas y amor a segunda vista que es la aceptación de la familia de ambos, la pareja deja el sistema anterior para formar uno nuevo en una comunidad de destino para ambas familias, así la pareja pertenece de ahora en adelante a una nueva comunidad sistémica creada por la fusión de sus sistemas de origen.

En este contexto, el éxito en la vida guarda una vinculación directa con la relación que cada uno tiene con la madre, pues, la madre es quien da la vida y sin madre no hay pareja. Es inútil trabajar en la relación de pareja mientras uno de los dos no esté en armonía con su madre.

Por su parte, la relación con el padre refleja la fuerza y la disciplina que se requiere para seguir en las labores profesionales, una buena relación con el padre y la madre traerá éxito y prosperidad para ello.

Berth Hellinger plantea que, en la relación de pareja primero es el orden y luego el amor. Su teoría se basa en que el amor es fundamental, está antes que el orden y únicamente de esta manera, podemos resolver los conflictos de una red familiar o vincular. Si hay amor familiar, hay orden y si dos personas que se aman traen su propio orden familiar, permitirá que prevalezca el amor en ellos.

Órdenes del amor en la pareja

Los órdenes del amor se refiere a las reglas que se mantienen en los sistemas familiares a lo largo del tiempo, aunque sus miembros crezcan, se casen, se muden o dejen de estar en este plano físico, cuando no respetamos estas reglas se rompe el orden y el equilibrio del sistema, lo que puede convertirse en origen del conflicto o patologías a nivel, físico, psíquico o de relación.

El primer orden es la pertenencia: todos los miembros tienen el pleno derecho a pertenecer a su seno familiar, tanto lo que están presentes, como los ausentes, los excluidos o por falta de reconocimiento. Ellos causan desequilibrio en el sistema así como todos los que en algún momento formaron parte de mí como pareja tienen un lugar en mi corazón.

El segundo orden es la jerarquía si se refiere a que los que llegaron antes tienen prioridad sobre los que llegaron después y así es como han de ser reconocidos así la pareja que llego primero debe ser reconocida en orden y respeto y la que está en la actualidad tiene prioridad sobre la anterior.

El tercer orden es la necesidad de compensación entre el dar y el tomar en la pareja con equilibrio nos dejamos cuidar por los que nos recibieron y cuidamos y atendemos a los nuevos del sistema solo así se mantiene el equilibrio y perdura el amor el que da demasiado actúa como una madre y amenaza la relación no puede dar más de lo que el otro no puede devolver.

Hay un límite, el que da demasiado está en una postura de poder obligando al otro porque nos desilusionamos con respecto a nuestra pareja porque esperamos del otro algo que no nos puede dar porque teneos expectativas que van más allá de lo común y estas expectativas se originan a menudo en la infancia y más específicamente en la relación con la madre

¿Qué hacer para ser feliz con la pareja?

Dejar el sistema anterior para tomar el nuevo, honrar a los padres tal y como son reconocer las diferencias estar en correspondencia con los órdenes del amor evitar el resentimiento cerrar los capítulos la habilidad de saber escuchar ser una buena compañía ser tu misma o tú mismo y la entidad y el juego

> *A veces pensamos que la vida nos pertenece o que podemos hacer con ella lo que queremos probablemente es más cierto lo contrario nosotros somos los que pertenecemos a la vida que querámoslo o no tiene sus reglas llenando de dicha a quien humildemente recoge todo de*

quienes le precedieron reconocen a todos su lugar y se abren y se abre a intercambiar y transmitir lo recibido la pretensión de otra cosa solo acarrea como atestiguan diversas tradiciones la expulsión del paraíso.

Berth Hellinger

1.8. El Amor

El amor es el sentimiento hacia otra persona que naturalmente nos atrae y que, procurando reciprocidad en el deseo de unión, nos completa, alegra y da energía para convivir, comunicarnos y crear.

El amor es nuestra esencia natural, el amor es vivir en la conciencia de unidad, la energía que nos sostiene a todo y a todos, llegar a sentir este amor requiere deshacer una serie de creencias, asociadas a lo que es el amor.

Según Berth Hellinger permanecer en el amor significa que todo es amado tal y como es. Significa que asentimos a la vida completa tal y como es. A la vida de los otros y la creación. Exactamente como es.

A veces pensamos que la vida nos pertenece, o que podemos hacer con ella lo que queramos. Probablemente es más cierto lo contrario: nosotros somos los que pertenecemos a la vida que, querámoslo o no, tiene sus reglas, llenando de dicha a quien, humildemente, recoge todo de quienes le precedieron, reconoce a todos su lugar y se abre a intercambiar y a transmitir lo recibido.

Existen condiciones para el amor

Entre las condiciones para el amor podemos mencionar

- El amor tiene que estar en orden (pertenencia, jerarquía y equilibrio), solo con amor, no basta.

- El amor no es suficiente para el éxito y la felicidad en la vida.

- ¿Cuántas personas aman profundamente a su pareja aunque las diferencias irreconciliables los avocan a la ruptura y no pueden seguir juntos?

- ¿Cuántos padres aman a sus hijos con toda el alma, les dan lo mejor de sí y ven cómo estos hijos se pierden en comportamientos autodestructivos?

- Ante todo, debemos tener amor por nosotros mismos, solo así podemos transmitir el amor a otros.

Tips para fortalecer el Amor

Para fortalecer el amor debemos

- Hacer limpieza mental diariamente de todas las cosas que nos alejan del Amor

- Tener presente que el Amor es una elección Mia, que no depende de nadie

- Reforzar en mi todo lo que sea alegre y hermoso para mi vida

- Fijar el objetivo de todo aquello que deseo, con la certeza que algún día llegará

- Nuestra vida no está determinada por lo que nos sucede, sino por lo que decidimos hacer con lo que nos sucede, las circunstancias determinan, aunque no son determinantes.

- Todo lo que nos sucede fue elegido para bien de nuestra propia evolución y es perfecto para aprender las lecciones que nos quedaron pendiente.

- Si pudiéramos mirar en el corazón del otro y entender los desafíos a los que cada uno de nosotros se enfrenta a diario, creo que nos trataríamos unos a los otros con más gentileza, paciencia, tolerancia y cuidado.

- Permanecer en el amor significa que todo es amado tal y como es

- He aprendido que es mejor tener paz que tener la razón, trato de no tener discusiones estériles

- Agradecer todo, lo bueno y lo no tan bueno, todo tiene un aprendizaje.

1.9. La Vida

Según Bert Hellinger, Vivir quiere decir convivir con muchos otros en un intercambio entre dar y tomar para, de un modo polifacético, en resonancia y coordinación recíproca, servir a nuestra vida y a la de muchos otros, así como a la vida como un todo. En este sentido, nuestra propia vida está incorporada a la abundancia de la vida. En todo lo que hacemos, en todo lo que realmente alcanzamos hay más vida.

El final de nuestra propia vida, está al servicio de la vida que continúa. Hellinger, el creador de las Constelaciones Familiares, señala que, toda vida se mueve de manera perenne, sobre todo, porque de muchas maneras ella necesita y consume de manera incesante algo que le posibilita ese movimiento.

Aprender todo, practicar todo tiene como objetivo alcanzar esa meta. Todo lo que vaya a suceder sirve para mantener la vida para que ella pueda alcanzar esa meta

¿En dónde está finalmente puesta nuestra atención entonces? En que nosotros vivamos, en que nosotros mantengamos viva nuestra vida.

Tan pronto como nuestra vida está en peligro, por ejemplo, por causa de una enfermedad o un peligro exterior, todo lo demás pasa a un segundo plano.

¿La vida tiene prioridad sobre todo lo demás?

Naturalmente a veces nos preguntamos de dónde viene la vida y a dónde va. Por el contrario, la vida alcanza su plenitud cuando en todo sentido permanecemos concentrados en ella. Aún más, en ese instante, su movimiento está detenido, concentrado y quieto, como completo en la tranquilidad.

Actúa según tu propósito en la vida. No importa cual exitoso o prospero seas. Una vez que conoces el propósito de tu existencia, te darás cuenta que tu vida está llena de un significado real. Sabrás que, el significado de tu vida es tan extremadamente importante que debes ponerlo en primer lugar. Tu vida tiene un significado sustancial y tu trabajo es asegurarte que estás viviendo tu vida de acuerdo a ese propósito.

1.10. El Niño Interior

El niño interior es un concepto nacido de la terapia Gestalt, como un modelo de psicoterapia que se centra en el desarrollo personal y en la recuperación de la capacidad de vivir el presente. Para la Gestalt, el niño interior es la estructura psicológica más vulnerable y sensible de nuestro "yo". Se forma fundamentalmente en los primeros años de la infancia a partir de las experiencias tanto positivas como negativas.

Este niño con sus luces y sombras, se refleja en muchos de nuestros actos cotidianos y en el comportamiento que adoptamos en la adultez. Si como adulto respondes de manera desproporcionada ante situaciones que no son realmente tan importantes o saboteas tus metas constantemente, es probable que tu niño interior esté afectado, debido al peso de heridas profundas que aun tienes por sanar.

Sanar al niño interior es un camino de autodescubrimiento porque se deberá regresar en el tiempo para descubrir cuáles han sido los eventos desde el punto de vista emocional que te mantienen atado al pasado, poder liberar al niño interior sanar sus heridas es poder mirar al futuro.

Desde el punto de vista sistémico, ¿cuáles son los vínculos que se relacionan con el niño interior?

Desde el punto de vista sistémico los vínculos que se relacionan más con el niño interior, es el vínculo que tenemos con nuestra madre y con nuestro padre, esto determina nuestra visión y actitud ante la vida: cómo nos sentimos, cómo nos proyectamos, cómo nos relacionamos, cómo experimentamos la confianza y la autoestima y abordamos nuestros proyectos vitales. Cuando los vínculos familiares están afectados por diferentes situaciones, experimentamos carencia de amor, juicios, apego, rechazo o resentimiento; nos saboteamos, repetimos patrones dolorosos, generamos relaciones de codependencia o nos aislamos.

Si queremos sentirnos libres, capaces y merecedores, estar verdaderamente abiertos al amor y la prosperidad y tener la confianza necesaria para desarrollar todo nuestro potencial, necesitamos sanar nuestras raíces, liberar el corazón, descargarnos del lastre que nos impide estar en paz con nuestro pasado para enraizarnos en la vida, crecer y florecer.

Emociones que sanan el niño interior.

Según Berth Hellinger "Las únicas emociones que sanan son el dolor y el amor"

Cuando con el tiempo, hemos convertido el dolor en otra emoción, por ejemplo, rabia, y pretendemos sanar el dolor desde la rabia, lo único que vamos a poder hacer es consolar una parte de esa rabia, y por un tiempo determinado, aunque no desaparecerá.

Otras emociones que provienen del dolor son: tristeza, miedo, vergüenza, desvalorización, victimismo, culpabilidad, entre otros.

En cuanto al amor en muchas ocasiones traemos una autoestima dañada que nos impide amarnos a nosotros mismos lo suficiente como para sanarnos, en nuestra infancia no tenemos las herramientas para transitarlos, por lo tanto son emociones que quedan atrapadas en el niño interior, las cuales podemos sanar desde el amor a través del apoyo de métodos terapéuticos que nos guíen con seguridad y empatía. Una terapia en un contexto de amor, la persona se atreve, se desinhibe, se permite amarse a sí misma y de esta manera puede resolver y sanar su propio dolor

Las únicas emociones que sanan son el amor y el dolor quiere decir que van juntas; si no van juntas, no se sana. Para sanar el dolor tiene que haber amor.

1.1 Distintivo Personal

Distintivo personal desde una visión sistémica es lo que te identifica en lo personal, familiar, social, profesional y laboral, que marca Tu personalidad te hace un Ser único e irrepetible en este mundo y trasciende a las generaciones venideras que siguen las huellas del camino recorrido.

Esto requiere, actuar desde una conciencia superior al servicio de la vida, con lo que vibra dentro de nosotros, en plenitud con la fuerza que nos guía en sintonía y equilibrio hacia la vida para adelante.

Sirve a los que reconocen como válidas las diferencias de otros grupos y otros sistemas, estar en sintonía con algo más grande y la sensación de bienestar o desagrado es experimentado por todos.

Visión sistémica del distintivo personal

Dentro de la Visión Sistémica del distintivo personal Helliger Sciencia tiene en cuenta cinco características que nos ayudan a tener más consciencia de cómo y con quién nos relacionamos (en el ámbito organizacional, social, personal…), y de los efectos que ello puede producir.

La persona no puede ser un elemento aislado, sino que forma parte de algún sistema, quiera o no, al que pertenece. Por mucho que intentemos aislarnos, siempre pertenecemos a sistemas y esto condiciona directa e indirectamente nuestra forma de ser y de estar en la vida.

La persona pierde protagonismo en favor del sistema. Esta nos muestra que cuando tenemos un conflicto debemos buscar la mejor solución para el sistema y no la mejor solución para una o algunas personas, si se busca la mejor solución para todo el sistema será mucho más duradera y beneficiosa en la que todos ganen.

Cualquier modificación o acción de un miembro repercute en todo el sistema

La persona no sólo pertenece a un sistema, sino a una red de sistemas y a veces, lo que un miembro se compromete a hacer en un sistema entra en conflicto con lo que se prometió en otro. La visión sistémica contempla a la persona como parte de sistemas a los que pertenece y con los que está en continua interrelación.

Existen unas leyes sistémicas que ayudan a los sistemas a crecer y a evolucionar de una manera fluida y cómoda disminuyendo los conflictos innecesarios y el gasto de energía inútil provocando un aumento de la eficiencia en la función que deben realizar.

Todos los sistemas se rigen por dos tipos de leyes que influyen en el bienestar de sus miembros y el éxito colectivo. Unas son abiertas y reconocidas por todos y otras están ocultas bajo patrones de funcionamiento inconsciente

1.12. Los Amigos

Un amigo es una persona con quien se mantiene una amistad, sobre la base de una relación afectiva entre dos personas, soportada en la reciprocidad y el buen trato, la lealtad, el amor, la solidaridad, la incondicionalidad, la sinceridad y el compromiso.

Una amistad es un tesoro que todos debemos cuidar, bien dice la frase: "a tus verdaderos amigos los cuentas con los dedos de una mano". Podrás tener muchos conocidos, aunque sólo algunos tienen las cualidades indispensables de un buen amigo.

¿Qué significan los amigos?

Según Berth Helliger los amigos se entienden. Miran en la misma dirección, aunque no tengan una meta común. Lo que se vislumbra en esa dirección está lejos. Por eso se mueven hacia ahí, aunque se encuentran pocas veces. Cada uno recorre el camino, en esa dirección, a su particular manera. Tampoco llega al mismo lugar que el otro, lo que miran y hacia donde se mueven es demasiado grande, demasiado profundo e inconmensurable.

Incluso, una distancia debe permanecer entre amigos, de lo contrario las fronteras entre ellos se borran, y se vuelven rivales. Al acercarse demasiado, corren el peligro de que uno se ponga en el sitio del otro. Para evitar esto, la distancia entre ellos debe ser conservada. De ahí que, no puede haber amistad en relaciones de negocio, aunque sí, el respeto mutuo que reconoce los límites.

Los verdaderos amigos son capaces acompañarnos durante toda la vida, son nuestros confidentes, son amables, aunque son capaces de poder sacar lo mejor de nosotros mismos.

¿Cuáles son las cualidades que caracterizan una amistad genuina?

Entre las cualidades que caracterizan una amistad genuina están:

- Prevalece el amor, la honestidad, el respeto, la lealtad, la solidaridad y la sinceridad

- Ayuda a realzar la autoestima

- Atedie al llamado cuando se necesita. Escucha atentamente cuando se amerita.

- Apoya en todo momento, tanto en los buenos como los adversos.

- Integra parte de la familia como un miembro más.

- Ayuda a tomar decisiones importantes cuando se requiere.

- Mantiene el espacio personal, no lo invaden

- Perdona los errores y nos hacen ser mejores personas

> *Los amigos se encuentran, recorren juntos un tramo del camino, se escuchan y se complementan en su intercambio, luego enriquecidos y animados por las experiencias mutuas, continúan su andar, cada uno por su cuenta. Sin embargo, sus almas caminan cerca.* **Berth Hellinger**

Capítulo 2

Visión Sistémica

2.1. Ser Humano. Visión Sistémica

El ser humano desde una visión sistémica conforma una unidad con todo y con todos en donde la familia y sus relaciones vitales constituyen el punto de partida para descubrir el fondo de muchos de nuestros conflictos existenciales, sean de carácter físico, emocional o psíquico; de allí que la misma familia y el orden en sus relaciones, se revelan como la fuente de sanación.

Pretender actuar creyendo que poseemos una personalidad autónoma es, en muchos casos, una ilusión; cada uno de nosotros estamos unidos a nuestra familia a través de lazos que nos conectan con varias generaciones, habitualmente de forma inconsciente y mucho más intensa de lo que a primera vista cabría suponer.

Programas dedicados al estudio del comportamiento humano

Existen diversos programas que se han dedicado al estudio del comportamiento humano y sus implicaciones biopsicosocial, las constelaciones sistémicas parte de los principios creados por Bert Hellinger, quién desde hace 25 años vino desarrollando su trabajo con Constelaciones

Familiares, brindando al mundo terapéutico personal, familiar, empresarial y educativo un conjunto de soluciones sistémicas para las problemáticas más diversas.

Considerando los aportes de Berth Hellinger, estos representan el fruto de la cual nació el

trabajo de Constelaciones Familiares y Los "Movimientos del Alma y del Espíritu" es la última y más profunda evolución de su trabajo Filosófico y terapéutico. Él es una figura clave del mundo psicoterapéutico actual.

2.2. Constelaciones Familiares

Las constelaciones familiares son un método desarrollado por Bert Hellinger, Aleman, Filósofo, teólogo y pedagogo. Fue durante 16 años misionero de una orden católica en Sudáfrica. Posteriormente, se forma en Psicoanálisis, Dinámica de Grupo, Terapia Primaria, Hipnoterapia, Terapia Gestalt y la PNL. De su trabajo con Análisis Transaccional extrae una visión multigeneracional en el acercamiento a los problemas y eso le lleva a la Terapia Sistémica.

¿Qué son las constelaciones familiares?

Constelaciones familiares es un tipo de terapia grupal que sirve para tratar diversos temas como problemas con la familia, con el trabajo, con la pareja, y emociones como el abandono, la tristeza, enfermedades, entre otros. Berth Hellinger al profundizar descubre los sistemas de compensación que utilizan los sistemas familiares y desarrolla lo que llamó Órdenes del Amor, a las normas y principios que regulan los sistemas humanos.

Todos los miembros de una familia tienen el mismo derecho de pertenencia. Es un derecho que no se puede impugnar. No hay grado de pertenencia superior o inferior. Los órdenes del amor prescritos por Berth Hellinger son principios fundamentales para que fluya la vida

El primer orden es la pertenecía.

Todos los miembros de una familia tienen derecho a pertenecer y ser parte: cada persona que ha pertenecido a un sistema, indiferentemente de lo que hizo o dejó de hacer tiene derecho a pertenecer. El simple hecho de nuestro nacimiento (hasta debería decir la concepción) nos da un lugar en la familia. Incluso hasta después de la muerte.

El segundo orden es la Jerarquía.

El que llegó primero tiene prioridad: Las parejas anteriores tienen una fuerza especial y deben ser vistas y reconocidas por los miembros posteriores. La relación de los padres tiene prioridad sobre los hijos, ya que gracias a esa unión fue posible la llegada de ellos.

Ante los padres los hijos siempre serán los pequeños y esto no significa que hay que hacer todo lo que dicen los padres sino que se debe honrar y respetar a los padres, tal y como son.

El orden sistémico respeta el orden cronológico. Así los padres vienen antes que los hijos. El primer hijo viene antes que el segundo y así sucesivamente. Un primer cónyuge guarda su lugar de primer cónyuge, incluso, si no es ya el cónyuge actual.

El tercer orden es el Equilibrio entre dar y recibir

En toda relación entre iguales debe existir un equilibrio entre el dar y recibir. Dicho equilibrio no se cumple con los padres, debido a que estos nos regalan lo más grande que se tiene "la vida" y esto no puede ser devuelto…sino que se tiene que tomar con todo nuestro corazón y pasarlo hacia adelante, hacia nuestros propios hijos o proyectos.

Las relaciones humanas se equilibran según un intercambio equitativo entre dar y tomar (o recibir). Entre padres e hijos, el intercambio se hace de manera diferente: los padres dan la vida al hijo, el hijo recibe la vida de sus padres. Cuando el hijo se vuelva padre dará a su vez a sus hijos, que tomarán. Así el intercambio entre padres e hijos se equilibra ya que la deuda de los hijos hacia los padres por la vida recibida es tan grande que es imposible de devolver. De esta forma el equilibrio se establece.

El método creado por Bert Hellinger ordena el sistema familiar, reconectando los órdenes del amor: **TODOS PERTENECEMOS - BUSCO EL BALANCE- OCUPO MI LUGAR.**

2.3. Conciencia Buena, Mala o Superior

Berth Helliger desarrolla el método terapéutico de las constelaciones familiares y con ello los órdenes del Amor:

pertenecía, equilibrio y jerarquía y además la conciencia: Buena, Mala y Superior.

La Buena conciencia está regida por nuestro comportamiento, encaminado por los valores y creencias, aprobados por la sociedad y nuestro sistema familiar, esto nos proporciona una conciencia tranquila al cumplir las condiciones para la pertenencia en la familia, incluso, desde la buena conciencia nos arrogamos el derecho del prejuicio a otros que son diferentes.

Por el contrario, la mala conciencia se refiere a un comportamiento diferente a lo aprendido en nuestra familia. Tenemos mala conciencia cuando nos desviamos de las condiciones para la pertenencia.

Por ejemplo, ser el único que tiene un título universitario, o el que no lo tiene, una relación de pareja estable o el que se divorció, tener una vida cómoda o vivir en extrema pobreza, en fin, pensar y actuar de otra manera; esto nos hace desiguales a los patrones que ha regido a la familia, en muchas oportunidades acarrea el rechazo, la exclusión, un olvidado por parte del sistema familiar.

¿Cómo actúan estas conciencias en nuestras vidas?

Hellinger, plantea que, "lo realmente bueno es algo que se halla más allá de la conciencia, y para hacer lo realmente bueno se necesita la valentía de ir más allá de ella. Lo realmente bueno significa que, sirva a muchos y que reconozca como válidas las diferencias de otros grupos y otros sistemas, o de otras religiones. Así mismo señala que, la conciencia superior actúa cuando estamos en sintonía con algo más grande y la sensación de bienestar o desagrado es experimentado por todos.

Actuar desde la conciencia: Buena, mala o superior

La conciencia superior que está al servicio de la vida, que vibra dentro de nosotros sin juicios o moralidades. Que nos hace estar en plenitud con la vida incluyendo todo libre de juicios, es una fuerza que nos guía y empuja al amor en sintonía y equilibrio, que aunque no entendamos nos proporciona paz. Porque vivimos sin juzgar entre bueno o malo y vislumbramos que TODO es PERFECTO TAL Y COMO ES, es un estado de conciencia superior.

Para actuar desde la conciencia superior se necesita valentía, para estar en sintonía con algo grande, que sirva a muchos y se reconozcan como válidas las diferencias existenciales, donde la sensación de bienestar es experimentada por todos.

2.4. El Arte de Ayudar

La ayuda es un arte. Como todo arte, requiere una destreza que se puede aprender y ejercitar, requiere empatía con la persona que viene a buscar ayuda. Es decir, comprender aquello que le corresponde y al mismo tiempo, trasciende y orienta hacia un contexto más global.

A las personas nos gusta ayudar, poseemos esa cualidad, la vemos cuando hemos perdido el camino y preguntamos cuál es la calle correcta, la gente se apura en decírtelo, y cuando alguien está en una verdadera necesidad y pide ayuda, a nosotros nos gusta ayudar tanto como podamos, eso nos hace sentir bien, la ayuda más grande de todas es, por supuesto, la de nuestros padres, los padres quieren ayudar a sus hijos y los hijos como una regla pueden recargarse totalmente en sus padres.

Cuando deseamos ayudar de manera profesional tenemos que comportarnos diferente, significa que, respetas la vida de la persona a la cual deseas ayudar.

Órdenes de la ayuda

Los órdenes de la ayuda planteados por Berth Hellinger dan las pautas para colocarnos en nuestro lugar como ayudadores y ofrecer una ayuda más efectiva. Estos son:

- Primero: Equilibrio en el intercambio, se trata de fijar los límites en la ayuda, en el sentido de que el ayudador no puede asumir en lugar de otro algo que sólo éste puede o debe llevar o hacer.

- Segundo: Respeto por el destino del otro, la ayuda está al servicio de algo más grande, sólo se puede ayudar en aquello que el cliente puede y necesita cambiar, cuando las circunstancias lo permiten la ayuda se puede dar.

- Tercero: Mantenimiento de relación adulta, significa que no se debe tratar al cliente como un niño, sino que tanto que el ayudador como el que busca ayuda deben comportarse como adultos, sin colocarse en el rol de padre o madre.

- Cuarto: Empatía sistémica, se trata de ampliar la mirada e incluir a todas las personas influyentes en la vida del paciente, principalmente a los miembros excluidos de su familia. Sólo asintiendo a todo tal como es, e integrando cada una de las experiencias vividas, es como se toma la fuerza del pasado para estar en el presente e ir al encuentro del futuro.

- Quinto: Amar todo tal como es, el quinto y último de los órdenes de ayuda implica el amor a todas las personas tal y como son, sin juicio, por mucho que se diferencie de mí. De esta manera, abriendo el corazón hacia el otro, como una parte suya.

Fracaso de la relación terapéutica

Muchos fracasos en la relación terapéutica se deben a tomar un lugar equivocado. Si miramos el sistema de acuerdo a los órdenes del amor: primero los padres, segundo el cliente y tercero el ayudador.

Muchos ayudadores se comportan de manera opuesta, ellos sienten que ellos son los grandes y se comportan de manera superior y en su orden dicen primero soy yo como terapeuta, después tu como cliente y en el último lugar los padres, todo el sistema se pone de cabeza y este ayudador tiene que fracasar.

«El sabio asiente al mundo tal cual es, sin temor ni intenciones. Se ha reconciliado con lo efímero y no busca llegar más allá de aquello que perece con la muerte»

> *La ayuda es un arte que requiere un orden para comprender aquello que corresponde y al mismo tiempo, trasciende y orienta hacia un contexto más global.*

2.5. Campos Morfogenéticos

Los campos morfogenéticos o campos mórficos del biólogo Rupert Sheldrake remiten a que, biológicamente, todo está informado del pasado. Un campo morfogenético es un campo de memoria, en el que todas las especies vivientes se mueven. Este campo es una fuerza poderosa aunque intangible, sólo comprobable (hasta ahora) por sus efectos. Bert Hellinger ha aplicado la idea de los campos mórficos para comprender cómo funcionan las familias a nivel transgeneracional.

Funcionamiento de las familias en un campo de memoria

La familia funciona como un campo de memoria. De un modo instintivo, repetimos lo anterior, estamos impulsados por la repetición del pasado, que incluye nuestras creencias y lealtades hacia nuestros antepasados (los hayamos conocido o no). Gracias a eso es que podemos avanzar, ya que cada uno recibe todo el bagaje anterior. El problema es que, en ocasiones, la repetición del pasado nos puede llevar a un destino difícil.

La sanación de la memoria familiar develada en el árbol genealógico puede venir a través del reconocimiento del pasado y de la conexión a algo diferente y más grande, hacia algo nuevo e indefinible, que nos conecta con el vacío, la vida y la creatividad. Esto implica no tener nombres, y estar en el momento presente: La fuerza de sanación viene cuando nos abrimos a lo infinito del momento presente.

Berth Hellinger expresa sobre las constelaciones familiares y los Campos morfogenéticos que, un campo morfogenético sólo puede modificarse cuando un impulso externo lo pone en movimiento. Ese impulso es en principio mental, proviene de un observador que entra en consciencia acerca de la repetición inconsciente del pasado. Así se adquieren nuevas comprensiones, y se hace posible la orientación hacia algo nuevo y diferente.

Al comienzo, el campo o la familia, se defiende contra esta comprensión (cuestión de inercia o sensación de amenaza), aunque si un número suficiente de miembros queda convencido y acepta la nueva comprensión, el campo. Como un todo, comienza a moverse, para dejar atrás algo superado, y actuar de otra manera más conectada con la vida.

En síntesis, Los campos morfogenéticos plantean que, todas las veces que un miembro de una especie aprende un comportamiento nuevo, cambia el campo morfológico de la especie. Si el comportamiento se repite durante cierto lapso de tiempo, su resonancia mórfica afecta a la especie entera.

2.6. La Epigenética

La epigenética es un campo emergente de la ciencia que estudia los cambios hereditarios causados por la activación y desactivación de los genes sin ningún cambio en la secuencia de ADN subyacente en el organismo.

En biología evolutiva, la denominación herencia epigenética engloba a los mecanismos de herencia no genéticos. En genética de poblaciones se emplea la expresión variación epigenética para denominar a la variación fenotípica que resulta de diferentes condiciones ambientales (norma de reacción).

Según el Doctor Fabio Celnikier, representante del estudio de la epigenética, "Se creía hasta este momento que los abuelos y padres, simplemente podían pasar sus genes y que todas las experiencias en sus vidas no se adquirían y quedaban inutilizadas".

Relación entre la epigenética y las constelaciones familiares

La relación que existe entre la epigenética y las constelaciones familiares es que ambas se unen para comprender y ayudar a sanar las implicaciones dadas en nuestro árbol genealógico. Las experiencias buenas o malas de nuestros antepasados se heredan a sus descendientes, provocando tendencias a ciertos comportamientos, hechos, enfermedades.

La epigenética y las constelaciones familiares seguramente tendrán en el futuro un encuentro aún más cercano, de todos modos, por ahora, aprender desde la experiencia personal es mucho más fuerte que desde la experiencia intelectual.

Experiencias de transmisión epigenética

Queda claro que, las experiencias de nuestros padres pueden manifestarse no sólo como principios psicológicos en nosotros, sino como expresiones genéticas novedosas. Esta transmisión de información epigenética a su vez sugiere, que quizás sea posible que nosotros mismos desarrollemos voluntariamente cambios en esas tendencias, y podamos ser capaces de silenciar o expresar ciertos genes.

Según el biólogo Bruce Lipton, existen campos energéticos de expresión genética que vinculan a los padres y a los hijos, esto es, más allá de la reproducción sexual existe una continua transmisión de información entre padres e hijos, tal que, pueden verse afectados por una intimidad a distancia, que los vincula más allá del nacimiento, haciendo de las enfermedades colectivos psicofísicos transgeneracionales.

Para explicar esto último, probablemente habría que recurrir a una teoría de transmisión de información a distancia, como la de los campos mórfico de Rupert Sheldrake quien remite a que, biológicamente, todo esté informado del pasado. Bert Hellinger ha estudiado y aplicado la idea de los campos mórficos para comprender cómo funcionan las familias a nivel transgeneracional.

2.7. Información Transgeneracional

La información transgeneracional la podemos encontrar en el Genograma familiar, el cual, es una representación gráfica del árbol genealógico de una familia, de al menos tres generaciones de la misma, que registra información sobre sucesos nodales críticos en la historia de la familia, en particular los relacionados con el "ciclo vital". Su estructura en forma de árbol proporciona una rápida visión de las relaciones familiares.

El genograma es una forma de representar nuestro linaje familiar e integrar en el corazón lo que la mente separa, la información inter y transgeneracional es una herramienta terapéutica, que muestra la profunda conexión que cada persona tiene con los distintos miembros del sistema familiar, tanto con generaciones pasadas como con las actuales.

Posibilidades aportadas en la construcción del genograma familiar.

El genograma aporta la posibilidad mediante el mapa de la historia familiar de observar las relaciones de las descendencias, tal y como ocurrieron y el fruto que se derivan de ellas, algunas personas suelen acompañarlos con documentos administrativos que dan fe de las fechas y los acontecimientos que se dieron en ese momento.

De allí que, el genograma procura recoger en un solo documento, en un solo mapa todas aquellas informaciones que pueden ser relevantes para conocer los hechos que se han modelado por el tránsito de la vida de una familia. La intención del genograma no solo es la de documentar esos hechos, sino la de percibir que fue lo que ocurrió en aquel entonces, que puede estar teniendo una influencia favorable o desfavorable en nuestra vida actual.

Información que debe incluir un genograma

El genograma debe contener, además los nombres de todos los miembros, sus edades, fechas en la que murieron y las causas, los lugares de procedencia, las fechas de los enlaces y separaciones, las enfermedades y los accidentes, los abortos que se produjeron tanto los naturales como los provocados, entre otros. Por supuesto, a veces hay información que necesita de cierta explicación, que no se puede poner directamente en la estructura porque colapsaría la imagen, esa información se coloca a pie de página o en un documento anexo.

Resulta sugerente establecer enlaces entre personas, o parte del genograma con otras, esto es de interés, porque se dieron vínculos especiales entre ellas, incluso se puede añadir personas que no forman parte de la familia y que sin embargo estuvieron vinculadas con ellas por circunstancias especiales.

Repeticiones generaciones

Las familias se repiten a sí misma. Lo que sucede en una generación a menudo se repetirá en la siguiente, es decir, las mismas cuestiones tienden a aparecer de generación en generación, a pesar de que la conducta pueda tomar una variedad de formas. Es una transmisión multi-generacional de pautas familiares. En el genograma, buscamos estas pautas que continúan o se alternan de una generación a la otra.

2.8. Inteligencia Transgeneracional

Inteligencia transgeneracional significa entre muchas otras cosas, fuerza, actividad, eficacia o virtud, para producir sus efectos y grado de utilidad o aptitud de las cosas, para satisfacer las necesidades o proporcionar bienestar o deleite.

Durante la infancia adquirimos información acerca de quiénes somos, de dónde venimos, cuáles son nuestras raíces, entre otras. A medida que vamos creciendo, esta información que conforma los valores que emanaron de nuestras familias, país y cultura, se van perdiendo y ausentando de nuestro día a día, dando paso a creencias limitadoras que paralizan e impiden creer en nuestros sueños.

Desarrollo de habilidades múltiples

Bert Hellinger y Angélica Olvera, en el desarrollo de las habilidades desde las múltiples y percepciones de la vida, presentan a partir de la investigación que han realizado juntos en el ámbito educativo enorme impacto a favor de las nuevas generaciones.

Para resolverlo, la Perspectiva Sistémica proporcionan herramientas que llevará a dicha búsqueda, como por ejemplo, la Inteligencia Transgeneracional permitirá recuperar los valores familiares, dando acceso a creencias fortalecedoras, que en tiempos de crisis, conduce a la búsqueda de alternativas en pro de nosotros mismos y del mundo, de manera que podamos entender y ver que otra realidad es posible.

Posibilidad de la inteligencia transgeneracional

Según Berth Hellinger y Angelica Olvera, la inteligencia transgeneracional hace posible que las imágenes paralizantes de la conciencia se manifiesten para diseñar una intervención, resolverla y solventar los conflictos interiores relacionados con la identidad.

La Inteligencia Transgeneracional es un proceso multidimensional que permite hallar soluciones para liberar ataduras que limitan nuestro crecimiento natural. Con el método de las constelaciones, todos podemos ampliar la mirada y acceder a competencias que dejan ver múltiples conexiones entre asuntos del pasado y el presente con implicaciones hacia el futuro.

La inteligencia transgeneracional refiere que las historias personales se repiten a través del tiempo y esperan encontrar una solución. El aprendizaje se da de generación en generación, el sentido de identidad, a la convivencia general en el seno de la sociedad.

Vínculos de antepasados y su influencia en la inteligencia transgeneracional

Los vínculos con nuestros antepasados, generaciones precedentes, de las que provienen las personas en un momento dado en el espacio y en el tiempo conectando así con sus descendientes influyen en la inteligencia transgeneracional. De esta manera, tendremos que, reconocer y asumir, sin negar ni excluir, toda la herencia individual y colectiva, personal vivencial, simbólico y espiritual que conforma la identidad de familias, comunidades y naciones enteras.

Cada generación construye su propia estructura de valores a partir del momento histórico que protagoniza y el lugar en el que se desenvuelve. La familia, la escuela, la educación, el desarrollo laboral, todas las actividades cotidianas se ven influidas por el espacio y el tiempo ocupado por una generación.

Inteligencia transgeneracional y la trasmisión del pasado

En la inteligencia transgeneracional la información y las informaciones del pasado remoto se transmiten como parte del patrimonio familiar comunitario, social o cultural. Lo ideal es encontrar oportunidades para que se propicie el dialogo entre los diferentes niveles donde es posible reconocer como medios por donde viajan la información y las emociones.

Una década de trabajo vital, amoroso, entregado y apasionante revela la existencia de percepciones profundas que marcan a personas, familias, estudiantes, docentes y profesionales de todas las áreas y ámbitos. A estos niveles de percepción de los contextos, donde se distinguen y se identifican dinámicas y lealtades ocultas en las relaciones, es lo que, desde el campo de la educación, llamamos Inteligencia Transgeneracional.

Capítulo 3

Temas de Familia

que interfieren la paz

3.1. La Migración

La migración es el desplazamiento de una persona o un grupo de personas desde el lugar que habitan (su residencia) hasta otro. En la historia de América Latina y el Caribe el fenómeno de la migración es una constante y tiene un rol determinante en la realidad política, económica, social y cultural de la región. Latinoamérica fue receptora de las poblaciones inmigrantes de Europa, África y Asia, que trajeron consigo la asimilación de nuevas culturas que vinieron a trabajar y enriquecer la nuestra.

Actualmente en el 2023, en Venezuela tenemos el fenómeno de la migración con cifras sin precedentes según estadística más de 9 millones de venezolanos han migrado a otros países, la familia lo decide por múltiples razones que merman su calidad de vida y obligan a la persona a buscar formas de supervivencia en otro país diferente al suyo. Se viven sentimientos encontrados ante el cambio como: dolor, rabia, impotencia, frustración, tristeza, enfado y a la vez mucha esperanza, ilusión y una cierta alegría de que el nuevo lugar se convierta en su salvación.

Desde las constelaciones familiares como se plantea la migración

La migración desde las constelaciones familiares plantea una visión sistémica en la que la nación de origen y el sitio nuevo al que se llegará deben interpretarse como en familia. Dejar el país de origen para ser recibido en uno nuevo, es sin duda una gran aventura llena de expectativas e incertidumbre; aunque un tránsito por diversas pérdidas que conducen a duelos emocionales que debemos sanar.

Incluso, ser migrante es como tener el corazón divido, mirando a la patria que nos vio partir, y afrontando la adaptación al nuevo sitio que nos acoge, no siempre con facilidad. El que migra, deja atrás a su familia, sus amigos, su lengua, su cultura, su tierra, su estatus social y la seguridad por su integridad física.

Estas son pérdidas que, de no ser conscientes del proceso de duelo que deben llegar, causarán diversos problemas emocionales de quien se fue y de los que quedan. Las constelaciones familiares ayudan a subsanar todas estas emociones que hemos planteado.

Desde lo sistémico que recomendaciones puede ofrecer a la persona que emigra

Desde lo sistémico es importante:

- Honrar al país de origen es sinónimo de tomar y honrar a los padres biológicos y los antepasados

- Dar un lugar en el corazón a nuestro lugar de origen, respetar y amar al país; reconocerlo como las raíces históricas de la familia y del individuo; agradecer lo recibido por nuestro país o zona, sin juicios ni críticas porque no pudo darte lo que querías y prometerte a ti mismo el dejar en alto el nombre de tu región.

- Dar las gracias al país de origen por «haberle dado un hijo suyo. Una vez que se toma a la patria, se tiene la oportunidad de demostrar a una nueva cultura, la nobleza de la cultura propia con el ejemplo de vida, así como dando continuidad plena a tu destino.

- Evitar comparar lo que se dejó con lo nuevo, y sólo asumir las diferencias como tal: sin pensar que son cosas mejores o peores. Hay que abrir la mente y el corazón a la nueva «familia» en el nuevo país, siempre honrando al país que fue primero.

3.2. El Perdón

El perdón desde las constelaciones familiares converge con otros métodos terapéuticos, cuyo propósito es lograr el alivio a la carga emocional de la persona que lo otorga, más allá del que lo recibe. Perdonar, no obstante, con frecuencia resulta difícil especialmente cuando depende de la gravedad del agravio. Hay hechos que son tan dolorosos que las personas que los sufren se sienten incapaces de superarlo, y por ende de perdonar a quien le hizo sentir tal dolor.

Este dolor con frecuencia crea resentimientos y es manifestado constantemente, reproduciendo las emociones como: el odio, la rabia, la venganza, acarreando otras consecuencias que repercuten en la salud. Cuando perdono al otro me libero a mí misma. Una reacción impulsiva puede llevarme a decir o a hacer algo de lo que después me arrepienta.

No se trata de liberar las responsabilidades de los demás, sino de liberarme Yo de la carga pesada del resentimiento y el dolor. Cuando perdono, me libero. Quien soy, es más importante que lo que me han hecho o he hecho. Lo mismo es válido para los demás y para Mí.

¿Por qué cuesta tanto perdonar?

Cuando las heridas son profundas y dolorosas suele ser porque las ha cometido alguien muy cercano a la familia, a quien queremos y en quien confiamos lealtad, reciprocidad, afecto y respeto; por lo que, deseamos olvidar, dejar de querer y poner distancia con esa persona.

Nos cuesta liberarnos de la carga para sanar, lo que se hace a través del perdón. Como lo señala Un Curso de Milagros que "no podemos perdonar lo que nunca me hicieron", soy yo quien debo liberar el resentimiento que me ha creado y las consecuencias que trae consigo.

A la luz de las constelaciones familiares que significa perdonar

Las constelaciones familiares ven en el perdón un poder sanador y liberador; aunque es la oportunidad de asentir (tomar) la realidad tal y como es, cada persona da lo que tiene para su liberación.

Perdonar nos da la capacidad para ver al otro con sus defectos y virtudes, como un ser humano igual a nosotros; lo que nos debe colocar en la misma posición, pues, quien perdona no debe ocupar un papel de superioridad y tampoco mantenerse en un papel de víctima. El perdón debe ayudar a equilibrar el dar y recibir, el tomar y soltar.

Otorgar el perdón no significa retomar algo que no puede continuar, relaciones que hemos decidido concluir. No significa permitir que la persona de la que nos separamos vuelva a nuestra vida "libremente" para correr el riesgo de que nos vuelva a lastimar. Aunque sí es reconocer que no puede darnos más de lo que tiene y por ello, no podemos darle más de lo que es capaz de recibir.

Al perdonar liberamos de un hecho que sucedió en el pasado y que ya no es necesario seguir recapitulando con resentimiento, que hace revivir una y otra vez el dolor. Aún mejor, permite mirar con un sentimiento real, lo que hay oculto en Mí y explica la causa del dolor. Redimensionando los efectos negativos y recuperando la paz.

Tal como lo señala Jesús:

"¿Cuántas veces debo perdonarlo? ¿Hasta siete veces?" Jesús le dijo: "No te digo que, hasta siete veces, sino hasta setenta veces siete". Mateo 18:21-22

> *Perdonar es liberarse de un hecho que sucedió en el pasado visto con resentimiento, al revivir una y otra vez el dolor. Debemos permitir mirar el sentimiento real que hay oculto en Mí y devela la causa del dolor. Redimensionando los efectos negativos y recuperando la paz.*

3.3. Las Deudas

Las deudas son obligaciones que tiene una persona física o jurídica para cumplir con sus pagos, fruto de compromisos adquiridos por diversas razones tales como: vivienda, salud, alimentos, viajes, imprevistos, entre otros. Existen personas que viven endeudas más de la cuenta, una por causas sistémicas y otras porque sobrepasan el límite de sus posibilidades para cubrir los pago.

Causas sistémicas en la adquisición de las deudas

Las causas sistémicas pueden ser por diversas razones, en el sistema familiar viaja toda la información lo bueno y lo no tan bueno, aunque no tengamos conocimiento de las causas igual pertenecemos a un clan que busca compensar en generaciones sucesivas algunas deudas pendientes, adquiridas de forma deshonesta. Entre las causas más frecuentes se pueden mencionar:

- Implicación por deudas adquiridas en actos ilegales, por la que han sido excluidos del sistema familiar.

- Obtención de dinero ganado indebidamente a través de: estafas, juegos, hurtos, sicariatos, entre otros.

- Ocupación ilegal de viviendas o terrenos donde se ha levantado la familia, esto repercute en la descendencia.

- Exclusión de algún miembro en la herencia familiar, activa la lealtad de algún descendiente con el miembro desheredado.

Liberación de deudas transgeneracionales

Liberar la culpa generada por deudas adquiridas por algún ancestro, no es fácil porque no tenemos a nivel de conciencia las causas, sin embargo, existen herramientas que ayudan tales como:

- Hacer una constelación familiar que descubra la imagen que puede estar incidiendo y la resolución en la implicación develada.

- Elaborar el genograma familiar, con los datos de los integrantes y las relaciones que prevalecieron entre los miembros, esto ayuda a descubrir y reconocer algún suceso importante que dé con la implicación de la deudas.

- Buscar ayuda terapéutica para cerrar situaciones encontradas relacionadas con deudas, donde puedes estar implicado y te sientes culpable.

- Honrar y pagar todas las deudas adquiridas desde las pequeñas, hasta las más grandes

- Tener una actitud prospera y abundante.

- Declarar agradecer la liberación económica y el merecimiento del dinero

El sistema familiar busca compensar en generaciones sucesivas algunas deudas pendientes, adquiridas por diversas razones, es necesario descubrir la imagen que puede estar incidiendo y la resolución en la implicación develada.

3.4 Los Excluidos

La palabra excluido significa dejar a algo o a alguien afuera por cualquier circunstancia estimada para tal fin. En el sistema familiar se consideran excluidos, rechazados u olvidados, cuando algún miembro del sistema o grupo se le niega el derecho a pertenecer a la familia, en muchos casos por un comportamiento indigno de acuerdo a las reglas establecidas o porque sus creencias y conducta son diferentes.

Derecho a pertenecer al sistema familiar

Para las constelaciones familiares pertenecen al clan familiar no solo las personas unidas por consanguinidad, sino las que han participado en hechos importantes buenos o no tan buenos, que dejaron huellas imborrables en seno familiar; ¿Entonces quienes pertenecen?

- La totalidad de los hijos incluyendo: vivos, abortados, muertos, dados en adopción.
- Hermanos y medio hermanos.

- Padre y Madre con todos sus hermanos.

- Abuelos Paternos y abuelos Materno y sus hermanos.

- Bisabuelos y sus hermanos.

- Parejas anteriores de los padres.

- Personas que, aunque no sean de la familia, hicieron un bien muy grande a la familia o por el contrario causaron daños o desgracia.

Por lo general, no se tiene información sobre los hechos que han ocasionado la exclusión de algún miembro familiar, tal vez, sean parte de un secreto, de acuerdo a las enseñanzas de Bert Hellinger, todo está almacenado en la conciencia del Gran Alma, donde se encuentra la solución del desorden generado por la exclusión de algún miembro familiar.

Consecuencias de la exclusión del sistema familiar

El sistema familiar no admite espacios vacíos y la consecuencia será que otro miembro se identifique de manera inconsciente con el excluido y ocupe su lugar, el miembro excluido busca la pertenencia y trae un orden nuevo a la estructura familiares, desencadenándose así una resolución que liberará la identificación y el sistema en general se beneficia con la fuerza de estar en sintonía con el orden y el amor, que repercuten en las generaciones sucesivas

Devolver el lugar al excluido

Para devolverle al excluido su lugar de origen:

- Se necesita humildad y amor para incluirlo como parte de la familia.

- Actuar sin juicios, sin culpa y sin amor artificial

- Abrir nuestro corazón en profunda aceptación a sus vidas y a su destino, tal y como fue.

- Agradecer que gracias a lo que fue su vida y su destino, ahora se restablece el orden en el sistema familiar.

- Agradecer el precio que pagaron ellos por amor

- Hablar del excluido de lo que sucedió, no ocultarlo a los descendientes.

Estas son algunas de las acciones que pueden devolver el lugar al excluido y con ello el orden en el sistema familiar.

El sistema familiar no admite espacios vacíos y otro miembro se identificará de manera inconsciente con el excluido y ocupara su lugar, con fuerza y en sintonía con el orden y el amor, que repercuten en las generaciones sucesivas.

3.5 El Destino

Se conoce como destino la fuerza sobrenatural que actúa sobre los seres humanos y los sucesos que éstos enfrentan a lo largo de su vida. El destino se percibe como una sucesión inevitable de acontecimientos de la que ninguna persona puede escapar.

La existencia del destino supone que nada ocurre por azar, sino que todo tiene una causa ya predestinada, es decir, los acontecimientos no surgen de la nada sino de esta fuerza desconocida del sistema familiar.

En que consiste el destino

El destino es eso, a lo que uno sigue y con frecuencia sin saber porque, una fuerza superior que influye en nuestra vida. Cuando se mira con detenimiento es posible ver que el destino está determinado por una conciencia personal y una conciencia colectiva inconsciente, que actúa en las familias.

Ambas conciencias están regidas por los Órdenes del Amor: el derecho a pertenecer, el equilibrio entre el dar y el tomar y la jerarquía los que llegaron antes tienen prioridad sobre los que vienen después, además de la buena y la mala conciencia en sintonía con los órdenes mencionados.

Conciencia colectiva

La conciencia colectiva es una instancia que no repercute personalmente sino en forma colectiva, esto quiere decir, es una instancia en la cual varios miembros de la familia participan de la misma manera. Esa conciencia comprende a los niños, a los padres, a los hermanos de los padres, a los abuelos, a veces a uno u otro de los bisabuelos y a todas las personas que de una u otra manera hayan tenido que ver con el sistema familiar. Dentro de ese grupo o ese sistema actúa la conciencia colectiva como una instancia que cuida que ninguno de los miembros se pierda.

Destinos difíciles

La grandeza humana surge de la superación de destinos difíciles. Mirar los destinos que se producen de la actuación de conciencias colectivas inconscientes sólo como si fuesen negativos no es lícito según Hellinger. El resultado es demasiado amplio. De otra manera, no existirían los destinos grandiosos ni los trágicos, que obligan a ver la vida de otra manera de cómo quisiéramos.

La vida superada tiene sentido y depende en gran medida de lo que cada uno haga con lo que le ha sido dado, en sintonía con los padres como son, con los antepasados como fueron, con la cultura en la que la se vive tal como ella es, con el destino como es con mis dificultades, como son y con las posibilidades que cada uno tiene.

> *La grandeza humana surge de la superación de destinos difíciles, que obligan a ver la vida superada, dependiendo en gran medida de lo que cada uno haga con lo que le ha sido dado.*

3.6. Salud y Enfermedad

La salud y la enfermedad son parte integral de la vida, del proceso biológico y de las interacciones medio ambientales y sociales. Generalmente, se entiende a la enfermedad como la pérdida de la salud, cuyo efecto negativo es consecuencia de una alteración estructural o funcional de un órgano a cualquier nivel.

Según la Organización Mundial de la Salud, la definición de enfermedad es la de "Alteración o desviación del estado fisiológico en una o varias partes del cuerpo, por causas en general conocidas, manifestada por síntomas y signos característicos, y cuya evolución es más o menos previsible".

Desde el punto de vista sistémico, la enfermedad es un mensaje del inconsciente que se deriva de una serie de condicionantes (emocionales, mentales, biológicos, fisiológicos, familiares, hereditarios, entre otros)

Constelaciones familiares y enfermedad

La enfermedad tiene múltiples causas, primeramente, se debe respetar el gremio médico y el tratamiento prescrito y los grandes aportes al área de la salud. Desde este punto de vista, una constelación familiar puede ayudar a la persona a tomar contacto, con sus síntomas y dolencias. Teniendo una perspectiva amplia de su enfermedad. Sin dramas, para recobrar poco a poco, el equilibrio en diferentes aspectos de su vida porque la enfermedad es un indicativo, de que, en algún aspecto de nuestra vida algo se ha desequilibrado. Así mismo, cuando la enfermedad se muestra es porque hemos acallado, negado o ignorado algo importante.

A tal efecto, se debe considerar que ni todas las enfermedades son la expresión de un trastorno sistémico en la familia, ni que tales trastornos son las únicas causas de la enfermedad. Esto se aplica particularmente a enfermedades graves como el cáncer.

Tales enfermedades a menudo se asocian a implicaciones, aunque no podemos decir que la implicación sea la causa del cáncer, ni podemos hacer que el cáncer desaparezca con una constelación. Sin embargo, los milagros suceden ante el cambio de las imágenes internas y, tal vez, con una constelación podemos contribuir un poco para que el alma esté dispuesta para un milagro.

Salud y Enfermedad desde lo Terapéutico

Desde el punto de vista terapéutico, se influye directamente en el área (mental, emocional, familiar y espiritual) de la enfermedad. En realidad, esos puntos, se abordan a través de las Constelaciones Progresivas. Desde el punto de vista de las Constelaciones Familiares, se aborda desde la información transgeneracional.

Los patrones o dinámicas familiares que nos empuja a un lugar sin darnos cuenta. Crean continuidad y pretenden crear cierta estabilidad. Por lo tanto, son difíciles de cambiar. Con todo esto, se quedan enquistados en el sistema durante mucho tiempo.

Hábitos que hacen que enfermemos

Los hábitos son conductas que tenemos arraigados, que se repiten y se disparan de manera automática e inconsciente. Entre ellos pueden encontrarse:

- Emociones como resentimiento, rabia, odio

- Fijaciones o compulsiones

- Actitud negativa, pesimista y derrotista ante la vida

- Falta de un propósito de vida o de motivación personal

- Soberbia ante los padres o un ancestro

- Lo ideal es tener salud que es un estado de completo bienestar físico, mental y emocional ante la vida

> *La enfermedad es un indicativo, de que en algún aspecto de nuestra vida algo se ha desequilibrado, con la información transgeneracional se abordan las dinámicas familiares que pueden estar incidiendo en la salud, cambiando las conductas arraigadas, que se repiten y se disparan de manera automática e inconsciente.*

3.7. Las Herencias

Las herencias se consideran como un acto jurídico que consiste en la transmisión de los bienes, deberes y derechos de una persona fallecida a otra. Sin embargo, la herencia a veces pasa de ser de un acto natural a uno conflictivo, pues trae consigo en algunos casos disputas en la familia tras la muerte de un ser querido y los bienes materiales que heredamos de ellos, de manera que, el conflicto por una herencia impide que se cierre el duelo por la persona fallecida y normalmente se rompen vínculos importantes dentro de la familia.

Consideraciones sistémicas por herencia familiar

Entre las consideraciones sistémicas que generan peleas en la herencia familiar según Berth Hellinger se encuentran:

Esperar la herencia (Padres/Pareja/Familiar):

- Resta fuerza y hace olvidar los propios sueños, porque la atención interna está dirigida a lo que se va a heredar e impide que lo que se emprenda tenga éxito.

- Repartir desproporcionadamente, debido a que uno de los herederos quiere quedarse con gran parte o con todo, esto suele ocurrir cuando uno de los hijos ha cuidado más de sus padres y ha sacrificado su vida por cuidarles. Pueden sentir que es injusto que no les pertenezca toda la herencia. Hellinger considera que la mayor herencia que se tiene es el tiempo que compartió con sus padres.

- Pelear por la herencia favoritismo entre los hijos, con frecuencia las disputas por la herencia se dan porque ha existido un hijo favorito y los demás creen que al morir los padres les darán lo que no les dieron en vida. La herencia se convierte en algo que lleva a romper los lazos y enemistar los familiares.

- Peleas entre los hijos y uno de los padres o nueva pareja: Cuando uno de los padres fallece y tuvo una nueva pareja, suele ocurrir que los hijos se colocan en bloque en contra de la herencia de la pareja del padre fallecido o viceversa. Porque indirectamente piensan que el padre o la madre murió por su culpa y lo hacen responsable

- Peleas entre los hijos del nuevo matrimonio y los de un matrimonio anterior: Suele ocurrir que la nueva pareja y su progenie quieren dejar fuera a los hijos de un matrimonio anterior. En estos casos, si esta mujer y sus hijos se quedan con la herencia, implica poner en riesgo a sus propios hijos.

¿Qué debemos hacer ante una herencia?

Ante una herencia se tiene que considerar si nos da fuerza o nos resta la herencia. Realmente vamos a dedicar lo obtenido a un bien mayor, a cumplir nuestros sueños y a beneficiar a un colectivo. De esta manera se está honrando la memoria de la persona que nos ha legado la herencia. Si por el contrario usamos la herencia para vivir cómodos y enterramos nuestros sueños, la herencia es una carga.

> *"Ninguna herencia es merecida. En cuanto reconozcamos esto, quedamos libres de ella. Sobre todo, nos liberamos y quedamos libres para nuestro futuro. Si sobre una herencia recae una carga, la cedemos mediante una renuncia. Si sobre ella reposa una bendición, la tomamos como tal. A través de ella creamos una bendición rica para muchas personas.*
>
> *Berth Helliger*

3.8. Los Duelos

El duelo es un proceso interno que se produce ante la pérdida de una relación afectiva, sea del tipo que sea, pudiendo ir desde la pérdida de un trabajo, un cambio de residencia, la ruptura de una relación de pareja hasta la muerte de un ser querido, ante ello, existen pérdidas con más importancia que otras y que por lo tanto se siente su duelo con mayor intensidad.

El duelo trae consigo emociones naturales como: dolor, tristeza, llanto, entre otros, una de las causas de los problemas personales que nos aquejan son los duelos que permanecen activos por mucho tiempo, bien sea porque existen motivos importantes detrás de la muerte que impiden cerrarlo o porque permanece como sombra en nuestro inconsciente al menor movimiento aflora o lo que es peor otros miembros de la familia lo llevan por nosotros.

Cuando se está inmerso en el dolor del duelo, pareciera que nunca se podrá salir de ahí, porque lo único que se quiere es tener a esa persona de nuevo y, al mismo tiempo, se sabe que nunca se podrá recuperar. Aunque todo lo que comienza tiene un final y de la misma manera que empezó un día terminará. Eso no quiere decir que vayas a olvidar, pasar página, abandonar al otro (éste suele ser el gran temor de las personas en duelo).

Terminar es darle un lugar en lo más íntimo de nosotros, un lugar donde la muerte no puede llegar, donde podremos seguir queriéndolo siempre, donde el amor que dio permanecerá intacto y un lugar que nos permitirá abrirle de nuevo nuestros a la vida.

Duelo por tiempo prolongado

Existen acciones que pueden apoyar a la hora de un duelo, esto varía según la persona, cada quien tiene su ritmo, su forma y su manera.

- Buscar ayuda terapéutica
- Expresar las emociones tal y cual como se sienten
- Realizar un genograma, con la descripción de las relaciones y acontecimientos importantes
- Realizar una reunión conmemorativa de la pérdida, en donde se evoquen los recuerdos
- Escribir una carta a la persona fallecida en donde se le exprese lo que siempre se le quiso decir
- Realizar una constelación familiar, ayuda a concientizar los duelos transgeneracionales

El duelo para ser sanado tiene que ser vivido. Es a través de las lágrimas como nuestro corazón destila su tristeza, su pena, su vacío, su impotencia, su rabia, su soledad, su "y ahora qué hago yo". Si no lloras todas esas emociones que trae consigo la pérdida de un ser querido se termina atrapadas por ellas.

Recuperarnos ante el duelo

El duelo requiere de unas tareas que necesitan poner de nuestra parte para poder avanzar y recuperarnos satisfactoriamente de la pérdida de un ser querido, para tal fin se requiere:

- Aceptar el apoyo de otros, sentir, sanar, ser paciente consigo mismo, aplazar decisiones importantes.

- Reconocer la pérdida, aceptar la dura realidad de que tu ser querido ha muerto y no va a volver.

Desde la cabeza es fácil, ya sabes que está muerto, aunque lo realmente difícil es aceptar con el corazón. Durante un tiempo no te lo vas a poder creer. Vas a esperarle, buscarle, pensar que es una pesadilla de la que vas a despertar. Antes o después llegará el día en que pierdas toda esperanza de recuperar a tu familiar o amigo. Será un momento muy doloroso, aunque necesario y liberador.

El duelo para ser sanado tiene que ser vivido. Es a través de las lágrimas como nuestro corazón destila su tristeza, su pena, su vacío, su impotencia, su rabia, su soledad, su "y ahora qué hago yo". Si no lloras todas esas emociones que trae consigo la pérdida de un ser querido se termina atrapadas por ellas.

3.9. Los Grandes Secretos

Un secreto es algo oculto, escondido y separado del conocimiento de los demás, el cual es ignorado por la mayoría de las personas, excepto por aquellas que lo comparten. Los secretos se consideran hechos vergonzosos en la época en que sucedieron, por eso se les excluye, tanto al hecho en sí, como a las personas involucradas.

Los grandes temas de los secretos tienen que ver con el origen, la muerte y el sexo, otros surgen de diferentes situaciones, tales como:

- Aborto y embarazo por desacuerdos e infidelidad

- Ambición desmedida que conduce apoderarse de propiedades que no le corresponden

- Acto ilegal en forjamiento de documentos para despojar a otra persona de bienes u otro asunto de interés personal.

- Comportamiento inusual y/o sexual, que no corresponde a la cultura familiar y social

- Creencia o ideología no afines con la consciencia familiar

- Datos o hechos familiares que contravienen con el honor, la paz y la armonía

- Descontento social por no seguir patrones

- Descontento romántico, por estar inmerso en una relación solo por compromiso.

De modo que, los secretos refieren temas que de común acuerdo, la familia calla, por motivos de culpa, vergüenza, o son temas que no pueden hablarse abiertamente aunque toda la familia los conozca. Que tienen efectos traumáticos, y que al instalarse en un sistema, dificultan las relaciones y la comunicación y producen desconfianza, confusión, son fuente de malestar y enfermedades.

Qué impide que un secreto sea develado

El tabú impide que sean revelados, para evitar conflictos y malos ratos. Lo que importa de un secreto son los efectos que produce en cada uno. En términos generales, el secreto se convierte en una molestia y en un impedimento cuando dejamos de guardarlo para ser guardados por él o, en otras palabras, en el momento en el que nos convertimos en sus prisioneros.

Los secretos familiares, por lo tanto, pueden actuar sobre varias generaciones. Develarlos no implica suprimir la cadena de transmisión transgeneracional descifrarlo, facilita al interesado, entender acerca de esta transmisión, sus efectos y, a la vez, la posibilidad de aprender con paciencia a liberarse de ellos.

Así como existe el consciente o inconsciente familiar existe, el social y colectivo (según Freud y Carl Jung), por lo tanto, en el inconsciente familiar queda guardada la memoria de todos los eventos y todo aquello que queda guardado, oculto. Tiene una fuerza muy poderosa sobre el inconsciente individual de las siguientes generaciones.

A la luz de terapeutas, psicólogos y constelaciones familiares que hacer con los secretos

A la luz de los secretos, terapeutas y psicólogos pueden desde el abordaje clínico, individual, de pareja, familiar y grupal, ayudar a las personas a resolver estos enredos, pudiendo descubrirlos, a veces, asintiendo al no saber sobre su contenido y origen y aun así dándole lugar como secreto.

Las Constelaciones Familiares permiten que los secretos familiares que están causando dolor e infelicidad salgan a la luz para que se dé una reconciliación profunda y se detenga este efecto, que son a menudo manifestado en enfermedades, violencia, separaciones de parejas entre otras muchas consecuencias.

> *Los grandes secretos tienen que ver con el origen, la enfermedad, la muerte y el sexo, esto queda guardado oculto y tiene una fuerza muy poderosa sobre el inconsciente de las siguientes generaciones.*

3.10. Psicosis y Esquizofrenia

La psicosis y esquizofrenia son dos conceptos íntimamente relacionados La esquizofrenia según la Organización Mundial de la Salud OMS es un trastorno mental grave que afecta a millones de personas en todo el mundo, se caracteriza por una distorsión del pensamiento, las percepciones, las emociones, el lenguaje, la conciencia de sí mismo y la conducta.

Por su parte, la Psicosis es un estado mental que se caracteriza por una alteración de la percepción de la realidad que forma parte de la esquizofrenia. Durante años se ha pensado que, el tratamiento de los delirios y las alucinaciones era terreno exclusivo de los neurolépticos. Los estudios demuestran, sin embargo, que la terapia cognitiva conductual contribuye a controlar los síntomas psicóticos.

Causas de la psicosis y la esquizofrenia

Las causas de la psicosis y la esquizofrenia para la ciencia hoy por hoy aún es incurable, son un enigma. Solo quienes comprenden cómo aparece la esquizofrenia y qué ocurre en el cerebro pueden ayudar a los pacientes, los médicos intentan averiguar, entre otras incógnitas, qué variantes génicas contribuyen al trastorno y qué cambios fisiológicos se producen en el encéfalo de los afectados

Tratamientos y terapias alterativas para la psicosis y la esquizofrenia

Para el tratamiento de las psicosis esquizofrénicas se aconseja, además de los neurolépticos, una terapia cognitiva conductual complementaria, a través de psicoeducación acción- transformación, donde las personas que lo padecen aprenden a cuestionar su interpretación de la realidad y a tener en cuenta explicaciones alternativas.

En las psicosis esquizofrénicas, los antipsicóticos constituyen el tratamiento de referencia. Estos fármacos se revelan esenciales en la fase aguda de la enfermedad, así como en la prevención de las recaídas. Es en estos últimos casos es donde las medidas terapéuticas adicionales se presentan como un método provechoso.

Desde el punto de vista sistémico como se trata la psicosis y la esquizofrenia

Para Berth Hellinger el creador del método terapéutico de las constelaciones familiares. La enfermedad es a menudo una expresión de implicación mental, un trastorno en el sistema familiar. Se debe saber que, ni todas las enfermedades son la expresión de un trastorno sistémico en la familia, ni que tales trastornos son las únicas causas de la enfermedad.

Las constelaciones familiares sanan algo en el alma. Traen de regreso cosas que estaban desubicadas en el alma individual y familiar (en el sistema) al lugar correcto. Entonces algo se pone "en orden". Este orden resultante puede hacer que la enfermedad resulte innecesaria.

Las relaciones interpersonales dejan huellas emocionales tanto positivas como negativas en el alma familiar. Hechos traumáticos que causan la disgregación de la familia dejan a todos sus miembros en un estado mental de confusión, sin alivio posible para sus sentimientos de ansiedad, culpa y vergüenza. Cuanto más se evitan los sentimientos, más grabados quedan.

La psicosis y esquizofrenia es un trastorno mental, caracterizado por una distorsión del pensamiento, las percepciones, las emociones, el lenguaje, la conciencia de sí mismo y la conducta, con tratamiento, amor familiar, terapias y psicoeducación las personas que lo padecen aprenden a cuestionar su interpretación de la realidad y a tener en cuenta explicaciones alternativas.

3.11. Las Adicciones

La adicción según la Organización Mundial de la Salud (OMS) es una enfermedad física y psicoemocional, que crea una dependencia o necesidad hacia una sustancia, actividad o relación. Se caracteriza por un conjunto de signos y síntomas, en los que se involucran factores biológicos, genéticos, psicológicos y sociales.

Existen muchos tipos de adicciones que crean dependencias entre los que se los que podemos mencionar: Beber alcohol, fumar en exceso, consumo de Drogas duras, Juegos sin control, Sexo desmedido, entre otras sustancias que crean dependencia incontrolable por la persona que consume.

Estas adicciones generan comportamientos a los que algunas personas se habitúan fácilmente. Porque genera satisfacción y llenan carencias y vacíos. Produciendo un alivio momentáneo y es lo que justifica la repetición de dicho comportamiento.

Consecuencias que traen las adicciones

Las adicciones traen como consecuencia que las personas pierden poco a poco su libertad. Porque van considerando la compulsión o impulso incontrolable, como parte de su identidad. Convirtiéndose en adicciones y estos problemas son muy comunes en nuestras sociedades de consumo que convierten en primarias necesidades secundarias.

Causas sistémicas de las adicciones

Desde el punto de vista sistémico, las causas de las adicciones pueden ser diversas. La Constelación Familiar se trae a luz acontecimientos en el sistema familiar que pudieran estar incidiendo en la conducta adictiva. La Constelación lo muestra y entonces el movimiento sanador puede comenzar a opera. Las constelaciones familiares sanan algo en el alma, pone orden. Este orden puede hacer que la adicción resulte innecesaria.

Tratamientos y terapias alterativas para las adicciones

Existen tratamientos y terapias alterativas complementarias en espacios acondicionados para la rehabilitación, donde la persona siguiendo un tratamiento puede llegar recuperarse.

Las adicciones generan comportamientos de placer, que las personas se habitúan fácilmente; porque producen satisfacción y llenan carencias y vacíos que justifica la repetición de dicho comportamiento.

3.12. Amor entre Iguales

El amor entre iguales o homosexualidad, es considerado como la práctica sexual que una persona siente hacia otra del mismo sexo. Al respecto, En 1952 se publicó la primera edición de Manual Diagnostico Estadístico de Enfermedades Mentales (DSM) de la Asociación de Psiquiatría Americana (APA) allí se incluyó a la homosexualidad como una categoría de enfermedad mental.

Posteriormente, en 1973 se eliminó dicho diagnóstico, esto sucedió en base a faltas de evidencias científicas y animada por las manifestaciones de la comunidad Gay donde se pronunciaban por el trato indiscriminado al que eran víctima.

Se reconoció que la homosexualidad es una variación natural de la sexualidad humana y se rechazaron las "terapias" de cambio de orientación sexual, aunque persisten la homofobia y la discriminación por parte de sectores adversos al tema.

La discusión a favor y en contra respecto a la igualdad de convivencia y práctica sexual de personas del mismo sexo, ha tomado una fuerza insospechada durante los últimos años en el mundo, diversos países atraviesan por un proceso de discusión, revisión y formulación de políticas y legislación, con el fin de avanzar hacia el acceso y la cobertura universal de los derechos humanos, en pro de brindar una atención equitativa, integral, diferenciada sin discriminación a todas las personas, independientemente de su orientación sexual.

La homosexualidad y la visión sistémica

Para Berth Helliger la homosexualidad es un destino difícil por las implicaciones sistémicas y las consecuencias que trae tanto a nivel personal, social y familiar. Inclusive, señala que, la homosexualidad el matrimonio gay entre personas no es ninguna condición de trastorno o conflicto, tiene que ver con la libertad del corazón de elegir a quien va amar, tiene que ver con el desarrollo de la sociedad, antes decían que no eran normales, que eran diferentes y por eso se les quito importantes derechos y el derecho de convivir como una pareja.

Desde el punto sistémico, los homosexuales no lo son porque quieren eso es su destino y tienen derecho para seguir su sexualidad como todos los demás, así mismo, cuando buscan en la comunidad, dura con derecho un movimiento que está en orden.

Homosexualidad masculina y femenina

En la homosexualidad masculina hay un vínculo entre la pareja similar a la relación de pareja heterosexual. Se establece un vínculo para toda la vida. De ahí que cuando uno tiene otra relación con otra pareja, la primera pareja tiene una influencia sobre la posterior. Es muy importante que las parejas anteriores sean reconocidas, respetadas y puedan pertenecer. Entonces hay éxito en la siguiente relación.

En la homosexualidad femenina no se da un vínculo perse, por lo que se puede cambiar su preferencia. Es decir, dejar la homosexualidad.

Se trata de reconocer lo que es. Si uno eso lo excluye, entonces dicen que nosotros somos mejores, nosotros estamos en orden y ellos no y por eso entonces, se originan resistencias, Berth Helliger señala que, lo asiente tal y como es y que tengan el permiso de vivir su sexualidad juntos y a través de eso, ellos crecen y se vuelven más humanos, en ese sentido está completamente abierto.

> *El amor entre iguales o homosexualidad es un destino difícil por las implicaciones sistémicas y las consecuencias que trae tanto a nivel personal, social y familiar, no es ninguna condición de trastorno o conflicto, tiene que ver con la libertad del corazón de elegir a quien va amar, tiene que ver con el desarrollo de la sociedad.*

3.13. Lealtad Vs. Traición

La lealtad es un sentimiento de respeto y fidelidad a los principios morales, a los compromisos establecidos o hacia alguien. Es una virtud que se desarrolla en la conciencia y que implica cumplir con un compromiso, aún frente a circunstancias cambiantes o adversas. Se trata de una obligación que uno tiene con el prójimo.

Por el contrario, la traición se considera como la falta que comete una persona que no cumple su palabra o que no guarda la fidelidad debida, la traición, supone la violación de un compromiso expreso o tácito.

Lealtad y la traición desde las Constelaciones Familiares

Desde la Constelaciones Familiares la lealtad tiene que ver con el sentido de pertenecer a un sistema familiar y hacer cosas de manera consciente o inconsciente para lograrlas. La traición actúa como una memoria ancestral inconscientemente dentro de nosotros.

Estamos conectados con las memorias del pasado. Cuando se crea una memoria de conflicto queda impresa en nuestra memoria celular, aunque en un campo mórfico. Nuestros antepasados no lograron resolver sus conflictos por lo cual esas memorias siguen pulsando en nuestro código genético y pasan de generación en generación hasta que alguien las logra resolver.

Es necesario liberar esas raíces que nos unen a la traición. No es rechazándola o negándola como la cambiamos. Es integrándola. Reconociendo que la hemos hecho y que nos la han hecho y reconociendo que al estar latente en nosotros nos da la oportunidad de meditar antes de tomar el siguiente paso en nuestras acciones.

La Lealtad al Sistema Familiar ¿Es buena o es mala?

Todos los miembros de un Sistema Familiar están unidos por una serie de creencias, reglas y costumbres. Eres leal a tu Sistema Familiar al cumplir con dichas reglas. Ya sea que lo hagas de manera consciente o inconsciente.

Toda esa información esta guardada en lo que se llama "Conciencia Familiar". No solo eso está almacenada, la historia de cada miembro de esa familia, todo lo bueno y lo malo: traiciones, delitos, infidelidad, conflictos no resueltos, en fin, todo lo que se haya ocultado.

¿Cómo es eso de que tu inconsciente lo sabe?

Tu inconsciente sí lo sabe. Puede ser que conozcas y estés consciente de esas reglas e historias o pueden ser un secreto. Aun así, son parte de ti, de manera inconsciente.

Cuando tienes algún problema en tu vida que has intentado resolver de diferentes formas, tomando terapias de diferentes tipos, talleres, aplicando diferentes conceptos o técnicas y no obtienes los resultados que buscas, es posible que estés siendo leal a algún miembro de tu sistema familiar.

La traición solo es una energía. No es mala ni buena. Solo es. La elección de tomarla y sus consecuencias solo dependen de ti. Antes de tomar cualquier acción siempre pregúntate, ¿lo que voy a hacer o decir es justo para quien quiere confiar en mí? Cuando una transacción no es justa para todas las partes envueltas se crea un engaño, una traición que al final siempre te hace daño a ti mismo y tiene consecuencias.

3.14. La Adopción

Jurídicamente, se entiende como adopción o filiación adoptiva el acto jurídico mediante el cual se crea un vínculo de parentesco entre una o dos personas, de tal forma que estable entre ellas una relación de paternidad o maternidad

Para Bert Hellinger la adopción es justificada cuando ambos padres murieron o el niño fue abandonado. En un caso así, cuando alguien acoge al niño y lo cría, es algo justificado y grande. Cuando un niño es adoptado a la ligera, quitándolo a sus padres y abuelos, es una gran injusticia.

Desde el punto de vista sistémico cuando unos padres optan por la adopción, tienen que saber que no sólo adoptan a ese hijo sino a todo su sistema familiar y para que esa adopción sea perdurable, tienen que respetar el origen y puede agradecer a los padres adoptivos todo lo que ellos le dan, por lo tanto, lo adecuado es adoptar teniendo en cuenta todo lo que ese niño trae: su familia, su país, su cultura y su destino.

Cuando un niño no puede ser criado por sus padres por diversas razones

Cuando un niño no puede ser criado por sus padres biológicos Bert Hellinger en un principio planteaba que no había que adoptar niños; sin embargo, se abre a la adopción siempre y cuando se respete el orden. Si un niño no puede ser criado por sus padres y necesita de otros padres, la primera búsqueda debe dirigirse hacia los abuelos, es lo más inmediato. Si éstos acogen al niño, está en buenas manos. En un caso así, es más sencilla la vuelta a los padres si la situación cambia. Si los abuelos no pueden, o ya no están, se busca entre los tíos.

Sólo si no se encuentra a nadie de la familia, pueden buscarse unos padres adoptivos o acogedores. Realmente se convierte en una tarea que vale la pena. Los hijos adoptados responden a dos sistemas: al de los padres biológicos y al de los padres adoptivos, aunque su corazón siempre va a ir al de su sistema de origen.

Si esto no es respetado por los padres adoptivos, puede acarrear conflictos que pierden fuerza, cuando los padres adoptivos pueden reconocer y tomar en su corazón a los padres de origen y mirarlos con amor, sin juzgarlos. Si bien es un proceso que lleva tiempo, es muy importante para los niños porque sienten que son amados.

La adopción y secreto familiar

Cuando el origen de la adopción se mantiene como un secreto familiar. Muchas veces, las personas tienen la sospecha de ser adoptados. Cuando hay secretos, todo se complica, porque el niño o adulto siente que no tiene un lugar en la familia. Si se ha ocultado a los hijos su verdadera pertenencia, así ya sean mayores, hay que decírselo. De esta forma se reparará una injusticia y podrá conocer sus verdaderos orígenes. No saber quiénes son los verdaderos padres, hace que la persona construya su vida sobre una mentira.

En todo momento debemos tener presente, que el hijo adoptivo tiene fidelidades y lealtades inconscientes, que se dirigen en primer lugar a su familia de origen y posteriormente hacia sus padres adoptivos, en donde se da una segunda lealtad.

Bibliografía

Hellinge, Berth (2001). **Los Órdenes del Amor.** Herder S.L., Barcelona.

Hellinge, Berth (2006). **Después del conflicto la paz.** Editorial Alma Lepik, Buenos Aires.

Hellinge, Berth (2006). **El Intercambio didáctica de constelaciones familiares.** Editorial Rigden Institut Gestalt. España

Hellinge, Berth (2006). **Los órdenes de la ayuda.** Editorial Alma Lepik. Buenos Aires.

Hellinge, Berth (2011). **Siguiendo las huellas.** Grupo Cudec Mexico.

Hellinge, Berth y Bolzmann, Tiiu (2003). **Imágenes que solucionan.** Taller de constelaciones familiares. Trabajo terapéutico sistémico. Editorial Alma Lepik, Buenos Aires.

Hellinge, Berth y Hovel, Gabriel ten (2004). **Reconocer lo que es Conversaciones sobre implicaciones y desenlaces logrados.** Heber Editorial, S.L. Barcelona.

Levine, Peter A. y Frederick, Ann (1999). **Curar el trauma. Descubriendo nuestra capacidad innata para superar experiencias negativas.** Ediciones URANO. Barcelona, España.

Malpica Cárdenas, Alfonso y Olvera García, Angélica Patricia (2012). **La pareja en el siglo XXI.**

Colección inteligencia Transgeneracional. Grupo Cudec, México.

McGoldrick, Mónica y Gerson, Randy (2000). **Genograma en la evaluación familiar.**

Munne Ramos, Antonio (2011). **En cuerpo y alma.** Grupo Cudec, México.

Olvera García, Angélica Patricia (2012). **Talento Transgeneracional. Descubriendo tu lugar en la constelación del éxito.** Colección Inteligencia Transgeneracional, México.

Sheldrake Rupert (2009). **Morphic Resonance: the nature of formative causation** (Resonancia mórfica: la naturaleza de la causación formativa) Editorial: Inner Traditions/Bear. Pp. 318.

Sheldrake Rupert (2009). **Resonancia Mórfica y Campos Mórficos: Una Introducción.** Disponible en: https://www.sheldrake.org/espanol/resonancia-morfica-y-campos-morficos-una-introduccion Consultado: agosto 10/2022

Ulsamer, Bertild (2004). **Sin raíces no hay alas.** Ediciones Luciérnaga, España.

White, Michael (1997). **Guia para una terapia familiar sistémica.** Colección terapia familiar. España, Barcelona.

Made in the USA
Columbia, SC
29 March 2024